Ruth Rehmann

Fremd in Cambridge

Roman

Carl Hanser Verlag

1 2 3 4 5 03 02 01 00 99

ISBN 3-446-19658-7

Satz: Satz für Satz. Barbara Reischmann, Leutkirch
Druck und Bindung: Friedrich Pustet, Regensburg
Printed in Germany

Unsere Sprache kann man ansehen als eine alte Stadt, ein Gewinkel von Gäßchen und Plätzen, alten und neuen Häusern mit Zubauten aus verschiedenen Zeiten; und dies umgeben von einer Menge neuer Vororte mit geraden und regelmäßigen Straßen und mit einförmigen Häusern.

Ludwig Wittgenstein:
»Philosophische Untersuchungen« 18

Die Reisende in dem Zug, der soeben, von Dover kommend, in Victoria-Station einfährt, hat ihre alte Stadt verlassen und ist im Begriff, eine andere alte Stadt zu betreten, aber noch zögert sie, läßt andere die Zugtür öffnen und aussteigen, und auch als sie nun selbst einen Fuß auf den Bahnsteig setzt, geschieht es vorsichtig, als müsse sie mit der Fußspitze prüfen, ob der Boden hält.

Ein paar Atemzüge steht sie still, mit geschlossenen Augen, dann greift sie nach der Reisetasche und stöckelt auf hohen Absätzen aus dem Gewimmel hinaus. Abseits vom abfließenden Menschenstrom setzt sie die Tasche hin und bleibt so, schmal, einzeln, ein wenig vornübergebeugt, den Kopf am langen Hals lauschend geneigt, als erwarte sie, daß aus dem Stimmengewirr, das an ihren Ohren vorübertreibt, eine Stimme auf sie zukäme und ihr sage, wohin sie gehen soll. Ihre Kleidung gibt keine Auskunft über das Herkunftsland; auch was ihr Alter betrifft, läßt sie keine genaue Bestimmung zu. Sie trägt ein taubenblaues Kostüm mit engem geschlitztem Rock und lockerem Oberteil, ein in Pastellfarben zwischen Blau und Türkis getöntes Seidentuch um die schmalen Schultern, auf dem Kopf einen Leinenhut mit geschwungener Krempe, die Stirn und Augen verschattet, so daß nur der untere Teil ihres Gesichtes zu sehen ist: ein langes Kinn, ein großer blasser Mund, eine empfindliche Nase mit geschwungenen Flügeln, die bei Erregung ins Flattern geraten.

Gerade jetzt ist sie erregt, wechselt ständig Stand- und Spielbein, zieht die Schultern hoch und läßt sie mit einem Ruck wieder fallen, als hätte jemand in ihrem Nacken geflüstert: Loslassen! Ihr unentschlossenes Dastehen hat etwas

Kindisch-Ratloses, aber die Haut unter dem Kinn und der Hals, soweit er zu sehen ist, sind vom beginnenden Alter gezeichnet. Junge Frau oder ältere Dame – irgendwo im ungenauen Zwischenfeld steht sie und wartet …

Als eine neue Welle Reisender heranrollt, bückt sie sich nach der Tasche, und gerade in diesem Augenblick kommt ein zähneblitzendes Lächeln auf sie zu und eine tiefe, pelzig-aufgerauhte Stimme schmiegt sich in ihr Ohr: Can I help you, love? Jeder England-Erfahrene weiß, und die Reisende weiß es vermutlich auch, daß dies keine Liebeserklärung ist, sondern eine Floskel ohne Bedeutung. Und doch tut ihre Laune einen unvernünftigen Sprung nach oben. Wie ein durch Wolken brechender Sonnenschein breitet sich in ihrem Körper die Vorstellung aus, daß das Land, in dem sie gelandet ist, ihr freundlich gesinnt sei. Sie läßt sich die Tasche aus der Hand nehmen und läuft zutraulich hinter dem schwarzen Mann durch unterirdische Labyrinthe zur U-Bahn. Have a nice trip! sagt er, schiebt sie in den Waggon, reicht die Tasche nach, fängt die Münzen und schlendert hüftenschwingend davon, während sie aufatmend im Sitz niedersinkt:

Good morning, England. Glad to meet you.

Irgendwo zwischen London und Cambridge bleibt der Zug stehen, fünf Minuten, zehn Minuten, eine halbe Stunde. Von Zeit zu Zeit dröhnt eine unverständliche Lautsprecherstimme durch den Waggon. Die Reisende zeigt ihr Nichtverstehen, indem sie den Kopf schüttelt, die Schultern hebt, kontaktsuchend den Kopf nach den Mitreisenden wendet.

In ihrem Land hätte sie längst Gefährten ihrer Ungeduld gefunden, mindestens einen Seufzer, einen gequälten Augenaufschlag, einen Zornnickel, der sich zum Sprecher der im Warten zusammengewachsenen Fahrgemeinschaft macht, die Tür aufreißt, auf den Bahnsteig stürmt, einen unschuldigen Beamten befragt oder beschimpft. Hier rührt sich nichts außer hie und da ein befremdeter Blick über den Zeitungsrand, der rasch wieder untertaucht, ehe sie ihn fangen kann. Sind diese Leute an solche Aufenthalte gewöhnt? Spricht man hier nicht mit dem Körper?

Sie empfindet die Nichtreaktion der Mitreisenden als Zurückweisung einer Aufdringlichkeit, die ihr, als sie die Zeichen gab, nicht bewußt war. Jetzt sitzt sie ganz still, Beine übereinandergeschlagen, Hände fest verschlungen im Schoß, Blick zur Scheibe gewandt. Nur die Zehen bewegen sich im Schuh und die Gedanken im Kopf, aufgestört durch die Wahrnehmung, daß das Selbstverständliche, wenn es anderen Selbstverständlichkeiten gegenüber in der Minderheit ist, seine Selbstverständlichkeit verliert. Aufgehalten im Niemandsland zwischen zwei Lebensströmen, gewahrt sie die Angst in ihren gespiegelten Augen und den feigen Wunsch, ins Gewohnte zurückzusteigen. Was will ich hier? Endlich ruckt der Zug. Sie atmet unhörbar auf.

Im Bahnhof Cambridge steht niemand, natürlich nicht, weil sie es versäumt hat, von London aus anzurufen. Auch jetzt zögert sie, geht in der Halle auf und ab, klimpert mit den eben gewechselten Münzen in der Jackentasche, tritt in die Telefonzelle, liest die Anweisungen, verläßt sie wieder, ohne zu telefonieren. Es gibt Stimmungen, in denen alles gelingt, andere, in denen alles schiefgeht; und in ihrem augenblicklichen Zustand wechseln die Stimmungen so schnell, daß der gute Augenblick schon verflogen ist, ehe sie die Probleme des Nummersuchens, Geldeinwerfens, Wählens überwunden hat und den Zweifel: War diese telefonische Einladung zu wildfremden Leuten tatsächlich ernst gemeint? My parents would be happy to meet you!

Wie können diese Leute glücklich sein, eine Person zu treffen, von der sie keine Ahnung haben, bis auf das, was Jeremy erzählt hat? Und was kann er erzählt haben von dieser Geburtstagsfeier in Deutschland? Die Erinnerung hat einen bitteren Geschmack. Bisher hat sie vermieden, darüber nachzudenken, aber irgendwann muß es sein. Wenn es mir bessergeht, denkt sie. Wenn ich mich stabilisiert habe ... Am Zeitungsstand kauft sie eine Postkarte mit Cambridge-Ansicht in Übergröße und schreibt, einen Packen Zeitungen als Unterlage benutzend:

Liebe Schüler! Der Direktor wird Euch mitgeteilt haben, daß ich ein Sabbatjahr beantragt habe. Vermutlich hat er gesundheitliche Gründe genannt und einen Kuraufenthalt angedeutet, was nicht ganz falsch ist. Aber natürlich hätte ich es Euch selber sagen müssen, mindestens der Klasse, die ich nun nicht zum Abitur führen werde, und den Teilnehmern unserer so hoffnungsvoll begonnenen Arbeitsgemeinschaft Literatur. Daß ich es nicht getan habe, ist der Schatten, der mir über den Ärmelkanal gefolgt ist. Nun bleibt mir nichts anderes übrig als schreiben ...

Hier hält sie inne, liest das Geschriebene durch und liest und liest über die verschwimmenden Buchstaben hinweg, bis der Blick der Zeitungsverkäuferin ihr signalisiert, daß sie im Weg steht.

Sorry! murmelt sie, stopft Karte und Schreiber in die Handtasche und läuft klapp, klapp, klapp quer durch die Halle zur Telefonzelle, die gerade frei geworden ist, hebt ab, wirft Münzen ein, wählt, alles korrekt, fehlerlos, weil sie gerade auf einer steigenden Welle schwimmt, hört Jeremy sagen: It's lovely to hear your voice! In dieser unvergleichlichen Mischung aus Affektiertheit und Spontaneität, die ihr schon bei der Geburtstagsfeier aufgefallen war, nicht wegen der Worte oder gar wegen ihrer Bedeutung, einfach als Melodie, als eine bestimmte Art, etwas Angenehmes zu sagen, zum Beispiel in diesem Satz das »love« von »lovely« auf eine Höhe emporzujubeln, wo es um ein Haar in Spott oder Lächerlichkeit umkippen würde, wenn die Stimme nicht schon den zweiten Teil des Wortes von der prekären Höhe herunterholen und mit dem Rest des Satzes in die Normallage sanfter Ironie überführen würde, mit einer kleinen Hebung des letzten Wortes.

It's lovely to hear your voice!

Das hat sie im Ohr, und dort soll es bleiben, hofft sie, während sie unwiderstehlich ins nächste Stimmungstief hinabgleitet.

Vor dem Bahnhof auf und ab gehend versucht sie sich an den Engländer zu erinnern, den einer ihrer Geburtstagsgäste auf der Autobahn aufgelesen und mit den Worten: Ich bringe euch einen Schiffbrüchigen von der Insel der Bowler und Beatles an die festlich geschmückte Tafel geschoben hatte. »Gerettet« habe er ihn vor den Pöbeleien eines Mercedes-Fahrers, den er durch obstinates Linksfahren am Überholen gehindert hatte. Wie ein Taubstummer sei er dem Wüterich gegenübergestanden, ratlos lächelnd, den blassen Blick in eine undefinierbare Ferne gerichtet, ängstlich und doch irgendwie arrogant in der absoluten Sicherheit, daß in jedem Land der Welt Leute herumlaufen müßten, die seine Sprache beherrschten.

Tatsächlich hatte er Deutschland von Nord nach Süd mit seinem maroden Ford durchquert, ohne sich mit der deutschen Sprache zu befassen, und mußte nun allerhand Frotzeleien über sich ergehen lassen, was ihn offenbar wenig berührte. Erst als das Gespräch eine politische Wendung nahm und sich an dem Wort »Falkland« festbiß, war er plötzlich hochgefahren und hatte dunkel errötend gesagt, daß jeder Bürger die Pflicht habe, zu den Waffen zu greifen, wenn die Königin ihn riefe.

Die Gäste, meist ehemalige Schüler, hatten ihn angestarrt, als sei er von einem fremden Stern hinuntergestiegen. Seiner schlampigen Kleidung wegen hatten sie ihn unter dem Stichwort »alternativ« mit den in Deutschland geltenden Meinungsattributen eingeordnet, und der Ärger, der jetzt aufflammte, speiste sich aus der Enttäuschung, daß er dieser Vorstellung offenbar nicht entsprach. Nur daß er Engländer war, verzögerte die Attacke, aber sie, vertraut mit dem üblichen Diskussionsstil, hatte die Argumente vorausgeahnt, die, obwohl er keine These, sondern eine Überzeugung geäußert hatte, als vehemente Antithese, gespickt mit treffenden

Beispielen aus der britischen Geschichte, auf ihn niederprasseln würden. Laßt ihn in Ruhe! Er ist mein Gast, war sie dazwischengefahren, und da es ihr Geburtstag und sie die Hauptperson war, hatten sie von ihm abgelassen. Aus der Mitte der Aufmerksamkeit war er an den frostigen Rand geraten, von dem er sich bei der ersten Gelegenheit unauffällig verabschiedete.

Die Einladung war Wochen später per Telefon gekommen: My parents would be happy to meet you!, und sie hätte sie nicht angenommen, wenn sie nicht ohnehin auf der Flucht gewesen wäre.

Inzwischen sind Wochen vergangen, und trotz heftigen Nachdenkens fällt ihr von seiner äußeren Erscheinung nur der gewaltige Bart ein, der den größten Teil seines Gesichts bedeckte – fahlgelbe Strähnen und Zotteln, ein Wildwuchs, wie er entsteht, wenn ein Reisender ohne Gelegenheit, sich zu rasieren, in abgelegenen Gegenden unterwegs ist. Der Bart gab dem Gesicht eine Aura von Reisen und Abenteuer, ihre literarische Phantasie tat noch einen Schuß Almayers Wahn dazu und das zerfallene Weltreich als melancholischen Hintergrund. An seinem Bart werde ich ihn erkennen, denkt sie.

Aber der junge Mann, der soeben seinen Wagen auf dem Bahnhofsvorplatz zum Stehen bringt, aussteigt und ihr mit verlegenem Lächeln entgegenkommt, hat keinen Bart und nicht den geringsten Touch von Abenteuer. Blaß, schmalbrüstig, gebeugt, ein Typ, der hinter jedem Schalter sitzen könnte, greift er nach ihrer Tasche: Did you have a nice trip?

Vergeblich versucht sie, die Bilder zusammenzubringen, während er ihr vorausgeht zum Wagen – einem alten Ford mit verdreckten Reifen und rostigen Kotflügeln. In der Dämmerung fahren sie aus der Stadt hinaus in die flache eintönige Landschaft. Irritiert vom Linksverkehr, drängt sie sich in die zerschlissenen Polster und verpaßt in ihrer Verwirrung den Anfang einer langen Rede, deren Tonfall signalisiert, daß etwas Wichtiges mitgeteilt werden soll, etwas, was sie unbedingt wissen soll, ehe sie das Haus seiner Eltern betritt. Hastig versucht sie den Anschluß zu finden und bemerkt mit einem Schock, daß sie nichts versteht.

Bei der Geburtstagsfeier hatten ihre Sprachkenntnisse ausgereicht, eine lockere Konversation zu führen. Nun, da es nicht ums Reden, sondern ums Verstehen geht, ist sie plötzlich nicht mehr imstande, die Brocken, die die vorauseilende Stimme hinter sich wirft, einzufangen und aufzufädeln. Vor irgend etwas wird sie gewarnt. Irgendein Unheil kündigt sich an. If the worst comes to the worst …

Es sei wohl nicht der richtige Zeitpunkt für einen Besuch, tastet sie sich voran. Ob es nicht besser wäre, wenn sie gleich morgen …

Oh no, not at all. Don't misunderstand me. I only wanted to explain …

Neuer Wortschwall, tiefere Finsternis, in der der rote Faden endgültig verschwindet. Sie gibt auf. Zum Fenster gewandt, läßt sie die Stimme an ihren Ohren vorbeirollen wie das Geklapper der lockeren Kotflügel, wenn er zu waghalsigen Überholmanövern ansetzt. Links fahren – rechts überholen! Man weiß das, aber zwischen Wissen und Verstehen ist ein weiter Weg, den sie heute abend nicht mehr zurücklegen wird.

Schließlich halten sie in einem verschlammten Gelände, zwischen abgestellten Autos und Wohnwagen. Beim Aussteigen versinken die Schuhe im Matsch. Gummistiefel hätte man einpacken sollen! Beim Erlöschen der Scheinwerfer fällt Finsternis über sie her. May I take your arm! sagt Jeremy. Durch ein kreischendes Gartentor gehen sie auf kleine erleuchtete Fenster zu. Eine Tür springt auf, läßt eine gelbe Lichtbahn heraus.

This is Dr. Elisabeth Gotte from Germany, sagt Jeremy.

Götte! verbessert sie.

Come in, sagt eine süße Flötenstimme, have a nice hot cup of tea.

Das Haus, niedrig, langgestreckt, riedgedeckt, befindet sich in einem ländlichen Vorort von Cambridge. Jeder, der hineinwill, muß vom Garten her durch die winzige Küche eintreten. Die Haustür auf der anderen Seite wird nicht benutzt. In der Küche ist es immer warm, Feuer im Herd, siedendes Wasser im Kessel, Teekanne angewärmt, Tassen zur Hand, Mrs. Pearl in ihrer unauffälligen Behendigkeit zwischen Herd und Tisch unterwegs oder halb sitzend, halb stehend auf einem Barschemel, den sie augenblicklich räumt, um dem Eintretenden Platz zu machen. Außer dem Schemel gibt es nur noch einen Holzstuhl, der Mr. Pearl vorbehalten ist, wenn er auf seinen schweren Schuhen hereintapst.

Wo kommt er her? Was macht er in den Stunden, oder Tagen, die er außerhalb des Hauses verbringt? Wandert er im Gang des Philosophen, Hände auf dem Rücken verschränkt, die Straßen zwischen Gärten entlang, die alle end oder close heißen, weil es irgendwo nicht mehr weitergeht? Spannt er seinen majestätischen Volvo, Baujahr 1967, an, um in sein College in Cambridge zu fahren? Den großen Kopf trägt er nach vorn gebeugt, weil die Türstöcke des Cottages niedrig sind und er sehr groß, ein langes lockeres Knochengestell im zerbeulten Anzug, das sich mit langsamer Würde bewegt, ein immerwährendes Lächeln auf den Lippen, ein Blick, der nicht viel sieht, was vielleicht an den Augen liegt, vielleicht aber auch an einem chronischen Mangel an Aufmerksamkeit – ein freundlich-abwesender Professor, der Jahrzehnte seines Arbeitslebens über Libellen geforscht hat, um nun, im achten Lebensjahrzehnt, eine umfassende, Naturwissenschaft und Religion versöhnende Philosophie zu verfassen – sein letztes großes, für die Nachwelt bestimmtes Werk.

Er sinkt auf den Stuhl, den Mrs. Pearl ihm in die Kniekehlen schiebt; wer sonst noch da ist, muß sehen, wo er bleibt, auf der warmen Herdkante, auf den Stufen, die zum Kaminraum führen, auf dem Karton mit alten Zeitungen, oder er muß herumstehen im Durchzug zwischen der immer ein wenig geöffneten Küchentür und den mangelhaft mit Plastikplane gedichteten Fenstern des Kaminzimmers.

In dieser Küche werden Tagespläne und Einkaufszettel entworfen, Zeitungen gelesen, Telefongespräche geführt, Formulare ausgefüllt, Postkarten und Briefe geschrieben, auf einer notdürftig freigeräumten Ecke des Tisches. Alle anderen Flächen, auch Ablaufbrett, Fensterbank, Regale, sind mit Einmachgläsern, Kübeln, Flaschen, Ballons besetzt.

Erstaunlicherweise gibt es immer und überall Platz, wo Mr. Pearl sitzen oder gehen will. Schneisen öffnen sich, Freiräume, die dafür sorgen, daß seine Unaufmerksamkeit ohne Folgen bleibt. Wenn er doch etwas umschmeißt, wird es ohne das winzigste Zeichen von Ungeduld aufgefangen. Das gelassene, kollisionsfreie Zirkulieren verschiedener Menschen auf engstem Raum ist Mrs. Pearls unendlicher Langmut zuzuschreiben, die so großzügig und angenehm ist, daß die erwachsenen Söhne es nicht fertiggebracht haben, sich endgültig von dem Cottage und der nice hot cup of tea zu verabschieden. Zwar sind sie meist mit Rucksack und Zelt in entfernten Gegenden des Commonwealth unterwegs, aber nie reißt die elastische Schnur, die sie zum Ausgangspunkt zurückschnellen läßt, wo sie sich in der Nachbarschaft handwerklich oder künstlerisch betätigen, bis es sie wieder hinaustreibt.

Nur Jeremy, der Jüngste, wohnt noch im Haus. Er leidet an einer geheimnisvollen Krankheit, die er mit wechselnden Diäten behandelt. Gegenwärtig besteht sie aus gekochtem Lammfleisch und einer besonderen Sorte von Flakes, die er kistenweise aus einem weit entfernten Supermarkt heranfährt. Elisabeth Götte ist der Meinung, daß er augenblicklich gesunden würde, wenn er einmal den Sprung über die Hecke wagen würde. Aber das sagt sie nicht, weil solche Äußerungen in der Sprache ihrer Gastgeber nicht vorgesehen sind.

Beim Frühstück, wenn sie noch schläfrig ist, hört sie die Familienstimmen wie Musik. Über den warmen Dunst gebeugt, der aus der Teetasse aufsteigt, lauscht sie dem Vater-Mutter-

Sohn-Terzett, in dem die jubilierende Stimme der Mutter die Melodie bestreitet, gefolgt, bedrängt, gejagt von Jeremys Nörgelstimme, die sich bei Wiederholung der gleichen Sequenz zum Vorwurf verschärft, beides eingebettet in des Professors Gebrumm, das sich gelegentlich zu Worten verdichtet.

Obwohl die Stimmen meist nicht gleichzeitig, sondern nacheinander erklingen, sind sie doch eng aufeinander bezogen, vor allem was Jeremy betrifft, dessen Nörgelei nur das eine Ziel hat, von den Eltern gehört, berücksichtigt, anerkannt zu werden, um so heftiger, je entschiedener sie sich diesem Anspruch verweigern – die Mutter, indem sie in noch höhere Tonlagen ausweicht, der Vater, indem er überhaupt keine Reaktion zeigt, sondern in vollkommener Gleichgültigkeit gegen alles, was um ihn herum geschieht, seiner von allen respektierten Arbeit nachgeht und dabei diesen Brummton hören läßt, den Elisabeth Götte für ein Arbeitsgeräusch hält wie Computerklappern oder Maschinensurren, erzeugt von Stimmbändern und Kehlkopf bei der Transformation von Gedanken in Worte.

Trotz des unterschwelligen Gerangels ergibt der Zusammenklang der Stimmen eine Harmonie, die zum Haus gehört wie die widersprüchliche Geruchskombination von feuchten Wänden und Bücherstaub. Das Unheil, vor dem Jeremy sie auf der Herfahrt hatte warnen wollen, ist in dieser Harmonie nicht enthalten, oder besser, die Stimme der Mutter und die Gleichgültigkeit des Vaters löschen es aus.

Elisabeth Göttes Stimme, egal, wie sehr sie sich in der Lautstärke zurückhält, wirkt immer störend. Deshalb hält sie lieber den Mund.

Um die Stimmen unbeeinflußt von Familienbezügen zu hören, muß sie sie einzeln aus dem Terzett herauslocken, was bei dem Professor am schwierigsten ist, weil er auf äußere Reize kaum reagiert. Als Köder benutzt sie Bemerkungen, die ihre Unwissenheit oder ein falsches Verständnis der Cambridge-Colleges verraten, jener Institution, in der der Professor den größten Teil seines Lebens verbracht hat und noch verbringt, als einer der Dons oder Fellows, denen eine Arbeitswohnung in den ehrwürdigen College-Gebäuden zusteht. Wenn er auf eine der listig gelegten Köderbemerkungen mit Oh, really reagiert, weiß sie, daß sie nicht zu ihm durchgedrungen ist und versucht es bei einer anderen Gelegenheit noch einmal. Gelingt ihr die richtige Frage zur richtigen Zeit, funktioniert sie wie ein Schlüssel im Schloß. Aus dem eintönigen Gebrumm schwingt sich eine freudig vibrierende, ganz der Belehrung hingegebene Altersstimme, deren übersorgfältige Artikulation verrät, daß der Belehrende einen unwissenden, aber entwicklungsfähigen Schüler vor sich sieht. In das Kolloquium über Prinzipien, Formen, Methoden, Ziele der College-Erziehung flicht er witzige Anekdoten über seltsame Begegnungen, Marotten von Berühmtheiten, Studentenstreiche, eigene und fremde Mißgeschicke. Beim Reden verändert sich die Dynamik seiner Bewegungen. Fast leichtfüßig begibt er sich zu den Büchern, greift zielbewußt Bildbände, Jahrbücher, Festschriften heraus, legt sie aufgeschlagen in ihren Schoß, mit dem knochigen Zeigefinger auf Textstellen oder Abbildungen weisend. Wenn sie sich dann vertieft, erlahmt sein Interesse, und schon die nächste Frage kann in der Reuse seiner Ohren steckenbleiben.

Jeremy zum Sprechen zu bringen ist kein Problem. Sobald sie allein sind, und das sind sie jeden Vormittag, wenn er mit ihr in die Stadt fährt, um ihr *sein* Cambridge zu zeigen, verliert sich die dringliche Schärfe, mit der er im Familienensemble um Gehör ringt. Seine Stimme, besänftigt, vertieft, gleichsam gealtert in der Sicherheit, daß jemand zuhört, schwelgt in den belehrenden Tönen seines Vaters, und auch in der Haltung bemerkt sie eine sehr höfliche, sehr liebenswürdige, wahrscheinlich ihm selbst völlig unbewußte Herablassung gegen alles, was nicht Cambridge ist, verstärkt durch seine überlegene Körpergröße, die sie zwingt, zu ihm aufzuschauen.

Aus dieser Konstellation und dem belustigten Ärger, den sie dabei empfindet, entwickelt sich eine Gesprächsform, die man im Englischen als »teasing« bezeichnen würde, im Deutschen vielleicht als »Geplänkel«. Elisabeth Götte spielt darin die Rolle des teasers, indem sie kleine Pfeile gegen Jeremys angemaßte Überlegenheit abschießt, die er entweder ignoriert oder durch elegantes Ausweichen ins Leere gehen läßt, manchmal auch umdreht, so daß sie zu ihr zurückfliegen, allerdings so gründlich verwandelt, daß sie sie gar nicht oder nur mit Verspätung erkennt. Das gibt ihr das Gefühl, sich zu plump, zu direkt, zu aggressiv zu benehmen, während er in der Sicherheit der eigenen Sprache Gelassenheit demonstrieren kann, auch wenn er den jeweiligen Gegenstand ihres Gesprächs nur mangelhaft beherrscht. Es ist nicht schwer, ihn zu widerlegen, aber es elegant und unauffällig zu tun – in dieser Kunst ist sie noch weit zurück.

Obwohl es also ein ungleiches Spiel ist, bereitet es doch beiden Vergnügen. Jeremy vergißt seine Leiden, Elisabeth Götte lernt allmählich, sich im Nebel seiner Andeutungen zurechtzufinden. Nur selten, wenn sie sich einsam fühlt, vermißt sie die Stimme, die am Telefon gesagt hat: It's lovely to hear your voice!

Mrs. Pearls Stimme bleibt immer die gleiche, egal, ob sie im Terzett oder einzeln erklingt. Sie spricht nicht viel und nicht laut, aber jedesmal, wenn Elisabeth Götte ihre Stimme hört, gerät eine bestimmte Saite in ihrem Gedächtnis ins Schwingen. Sie weiß nicht, was da antwortet, und versucht nicht, darüber nachzudenken. Irgendwann, hofft sie, wird es ganz von selbst heraufkommen – ein Gesicht, ein Gefühl, eine Situation, jedenfalls etwas Angenehmes, das ihre Wahrnehmung schon jetzt beeinflußt. Im Gespräch mit Mrs. Pearl lernt sie, daß direkte Fragen in dieser Sprache nicht geeignet sind, irgend etwas zu klären. Vergeblich versucht sie in den ersten Tagen, ihren eigenen Part in der Choreographie des Hauses zu erfahren: Soll ich in der Küche helfen oder nicht? Soll ich mich in meiner Schlafkammer aufhalten, oder wo sonst? Muß ich mich abmelden, wenn ich nicht zum Essen komme? Darf ich in den Büchern stöbern, oder muß ich um Erlaubnis fragen? Die Antwort ist immer die gleiche: In this house everybody can do as he pleases.

Was ihr an Mrs. Pearl besonders gefällt, ist ihr Gleichmut in Haushaltsdingen. Mit keinem Blick oder Wort entschuldigt sie sich für die offensichtlichen Mängel. Sie empfiehlt sie aber auch nicht als moralische oder ökologische Haltungen eines »einfachen Lebens«. Es macht ihr nichts aus, daß die Fenster undicht, die Wände feucht, die Bettwäsche klamm, das Heizsystem vorsintflutlich ist. Vielleicht merkt sie es gar nicht, oder sie mag es so und nimmt an, daß der Gast es auch mag, und wenn nicht: take it or leave it. Elisabeth Götte, die das Lamento ihrer Mutter und ihr eigenes Gestammel noch im Ohr hat, wenn die Teetassen nicht gespült, die Küche nicht aufgeräumt, die Bücher nicht abgestaubt sind, empfindet diese Haltung als eine Befreiung von Zwängen, deren sie sich bisher nicht bewußt war. Es gefällt ihr auch, wenn Mr. Pearl jeden Nachmittag ein mächtiges Feuer in dem alten Eisenofen entzündet, der das Wasser im Bad erwärmt. Er fragt nicht, ob jemand baden will. Niemand muß sich festlegen. Das Badewasser wird warm sein – ein Angebot, take it or leave it.

Das Anzünden dieses Feuers ist seine einzige Haushaltspflicht. Er erfüllt sie regelmäßig und mit Vergnügen. Mit Schaufel und Stocheisen vollführt er einen fröhlichen Lärm, in dem seine Stimme untergeht. Denn er singt beim Einheizen. Elisabeth Götte sieht es an seinen Lippen, die Worte formen, vielleicht ein altes englisches Soldatenlied. Leider hört sie es nicht. Es wäre ihm sicher nicht recht, wenn eine neue Heizung eingebaut würde, ebensowenig würde es ihn freuen, wenn statt des alten Volvo ein schimmernder Mercedes im Hof stünde.

Sind diese Engländer weniger anspruchsvoll als wir? Diese Frage in ihrem Merkheft streicht sie geschwind wieder aus, weil Worte wie »die Engländer«, »die Deutschen« in diesem Heft nicht vorkommen sollen.

Einer der Wünsche, die sie sich in diesem Haus nicht erfüllen kann, ist – nein, nicht das, was Virginia Woolfe »a room of one's own« genannt hat, so anspruchsvoll will sie als Gast nicht sein; nur einen festen Platz hätte sie gern, auf dem sie sich Tag für Tag niederlassen und das tun kann, was sie außer Unterrichten den größten Teil ihres Lebens getan hat, nämlich lesen und schreiben, das letztere als Befestigung für ihr windiges Gedächtnis, das ihr das Gelesene in kürzester Zeit davonblasen würde, wenn nicht geschriebene Stichworte, Notizen, Reflexionen es aufbewahren und zur Mitteilung an Schüler und Freunde bereithalten würden. Daß sie im Augenblick keine Schüler hat, keinen Literatursalon, keinen Volkshochschulkurs, keinen Freundeskreis, mit denen sie die Freuden und Leiden des Lesens teilen könnte, ist eine Kalamität, die sie nach Möglichkeit ignoriert. Zu lange ist das Lesen–Schreiben–Mitteilen der Motor ihres Lebens gewesen. Es nicht zu tun, solche Art Arbeit nicht als Panzer um sich herum oder als Rückgrat in sich hineinzubauen, hat in den Wochen vor ihrer Abreise zu einem Absturz geführt, den sie nicht noch einmal erleben möchte. Deshalb hat sie auf diese Reise ein Buch mitgenommen, das trotz seines geringen Umfangs ihr Hirn für längere Zeit beschäftigen wird: den »Tractatus logico-philosophicus« von Ludwig Wittgenstein. Sie hat ihn schon dreimal nicht verstanden, wobei das Nichtverstehen in diesem Fall fruchtbarer war, als manche Verständigung mit leichter zugänglichen Texten, weil der Ärger über das Steckenbleiben ganze Kaskaden eigener Gedanken auswarf, die ohne diesen Ärger und Wittgenstein nie das Licht des Bewußtseins erblickt hätten.

Hier also wird sie in die vierte Runde gehen und, wenn es sich so ergibt, den Spuren des Philosophen in Cambridge nachgehen.

Das Platzproblem ist deshalb so kompliziert, weil sie, so wie sie erzogen und aufgewachsen ist, nicht im Bett arbeiten kann, sondern dabei den Kopf oben und eine stabile, ausreichend beleuchtete Fläche vor Augen haben muß, also Stuhl zum Sitzen, Tisch zum Ablegen von Buch und Schreibblock und eine Lichtquelle – Fenster oder Lampe.

Ebendiese Kombination ist im Pearlschen Haushalt nicht

aufzutreiben. In der Schlafkammer gibt es an Fläche, außer dem Fußboden, nur die weiche Hügellandschaft des Bettes, die bisher nur verworrene Träume hervorgebracht hat. Der Eßtisch im Kaminraum ist mit Büchern und Zeitschriften beladen, die vor jeder Mahlzeit abgeräumt und danach wieder hingeräumt werden, nach einem vielleicht überlegten, aber für sie undurchschaubaren System, das sie nicht zu zerstören wagt. Die Hobelbank in der provisorischen Werkstatt ist unbeweglich in einer finsteren Ecke eingekeilt. Der Sesselhalbkreis vor dem Kamin enthält keinen Tisch, nur ein kniehohes Bänkchen, auf dem Mr. Pearl am Abend seine Beine ausstreckt. Küchentisch und eventuell Herdplatte kämen in Frage, aber dort bereitet Jeremy seine einsamen Nachtmahlzeiten.

Seitdem sie das weiß, fällt die Küche als Möglichkeit aus, wenn sie spätabends, nachdem die Familie zu Bett gegangen ist, mit der Taschenlampe durch die unteren Räume schleicht wie ein Dieb, natürlich mit schlechtem Gewissen, obwohl sie ja nichts sucht, nichts sehen oder haben will, als einen Platz in diesem Haus. Auch Fensterbank oder Kommode wären ihr recht, statt Stuhl eine Kiste, statt Lampe eine Kerze, um die Stunden, die die Familie früher ins Bett geht, als sie es gewohnt ist, auf ihre Weise zu verbringen.

Um dem schlechten Gewissen zu entgehen, versetzt sie sich in die Rolle des Carlos Castaneda, der eine ganze Nacht auf Don Juans Terrasse herumrutscht, um seinen Platz, den richtigen, einzigen, nur für ihn bestimmten Sitio zu erspüren, wie der Meister es ihm aufgetragen hat. Erst als er nach Stunden aufgeben will, erbarmt sich Don Juan und gibt ihm den Rat, seine Augen zu gebrauchen. Tatsächlich erscheinen Farbvisionen, die ihn gegen Morgen zu seinem Sitio leiten.

Auch sie versucht, ihre Augen zu gebrauchen, aber statt Farbvisionen bringt der Strahl ihrer Taschenlampe aus allen Räumen die gleiche Botschaft zurück, nämlich daß ihre Art des Lesens und Schreibens im unteren Teil dieses Hauses nicht vorgesehen ist. Wozu auch? Der einzige, der in der Familie geistig arbeitet, ist der Professor, und der tut es nicht zu Hause, würde es auch nie im Leben zu Hause tun, beteuert Jeremy. Mrs. Pearl hat ihr Studium aufgegeben, als das erste Kind kam. Karten und Briefe schreibt sie an einer freigeräumten Ecke des Küchentisches, was sie wahrscheinlich nicht täte, wenn sie in einem der oberen Räume einen Schreibtisch hätte. Was Jeremy tut, wenn er sich zurückzieht, ist nicht zu erfahren. Er hat in London ein paar Semester Malerei studiert, aber im ganzen Haus ist keine Spur dieser Tätigkeit zu entdecken. Vielleicht spielt er mit seinem Computer herum, oder er tut das, was Mrs. Pearl auf Fragen andeutet: He's taking a rest. He's not well.

An den Nachmittagen zieht sie den Kreis ihrer heimlichen Platzsuche durch den winzigen Ort, entdeckt sogar eine Art Gasthaus oder Pub, das allerdings zu dieser Tages- oder Jahreszeit geschlossen ist. So weit sie auch in der Gegend herumläuft – kein Café, kein Tearoom lockt zum Einkehren und Platznehmen. Nur die Kirche, die zwischen alten Bäumen auf einem Hügel liegt, ist manchmal offen, leider ziemlich dunkel im Innern und die Gesangbuchpulte zu steil und zu schmal, um als Unterlage zu dienen. Den Altartisch in Erwägung zu ziehen verbietet ihr der Respekt vor der Heiligkeit des Ortes.

Von der Familie werden ihre Streifzüge mit amüsiertem Erstaunen wahrgenommen, weil hier alles, was über den Garten hinausgeht, mit dem Auto gefahren wird. Am Ende bleibt ihr für den späteren Abend nur das Bett mit seinen Nachtgedanken und Träumen und für die Nachmittage nichts als Gartentisch und Bank auf der Terrasse, ein solider Platz, aber leider nicht überdacht.

Dort sitzt sie, eine Plastiktüte untergeschoben gegen die Feuchtigkeit, lesend und schreibend im grauen Dunst, der zu dünn ist, um Tropfen zu bilden, aber doch naß genug, um die Buchseiten zu durchfeuchten und das Geschriebene wolkig verlaufen zu lassen. Ständig mit Erkältungen kämpfend, die auf der Suche nach Schwachpunkten ihren Körper durchwandern von der Kehle in die Knochen in die Blase in die Bronchien in die Nase, wartet sie auf den gewaltigen Schnupfen, der jeden Augenblick hervorbrechen kann, und dann wird sie, jedenfalls was ihre körperliche Verfassung betrifft, voll integriert sein als ein schniefender triefender Teil der allgegenwärtigen dampness.

Erinnert Euch an unsere mißglückten Versuche, den »Tractatus« von Ludwig Wittgenstein zu verstehen, schreibt sie an Schüler, deren Gesichter ihr schon verblassen. Die Gefühle, die unsere gemeinsame Lektüre begleiteten, folgten einander meist in der gleichen Reihenfolge: Faszination beim Anblick der kristallklaren Sätze; Euphorie beim Aufleuchten der von Worten entzündeten Bilder; jäher Absturz, wenn wir versuchten, die Folge der Sätze in eine wiederholbare Gestalt zu bringen; dann Irritation, zurückblättern, Hindernisse aufspüren, zum Beispiel Worte, die wir überlesen hatten, weil sie uns »selbstverständlich« erschienen. Nun, beim zweiten und dritten Hinschauen, entfremdeten sie sich, nicht nur von der angenommenen Bedeutung, sondern auch von ihrer sichtbaren Gestalt, die sich unter unserem Blick in eine Reihung sinnloser Krakel verwandelte. Andere Worte kamen uns identisch vor, so daß wir uns nicht erklären konnten, warum er sie als unterschiedliche gebraucht hatte. Zuletzt kam der Zorn auf den Autor, der es arrogant und egozentrisch verschmäht, Definitionen und Denkschritte mitzuliefern. An diesem Punkt hörten die meisten auf.

Einige wenige versuchten weiterzukommen, indem sie das nicht oder teilweise Verstandene nur flüchtig berührten (wie man in sumpfigem Gelände flüchtig auftritt, um nicht zu versinken), sich mit dem Klang und Oberflächenreiz der Sätze zufriedengaben und zum Verweilen nur solche wählten, die auch losgelöst aus der Folge Glücksgefühle der Einsicht vermittelten.

Aber auch dieses Vorgehen führte in die Irre. Auf jedes Aufleuchten folgte eine tiefere Finsternis, in der das Gelesene ortlos, ungreifbar herumschwamm. Wir mußten begreifen, daß Einleuchten etwas anderes ist als Verstehen, so wie das Erscheinen einer vom Blitz erleuchteten Landschaft etwas anderes ist als das Sehen und Gehen eines erleuchteten Weges.

Solange wir nicht imstande waren, seine Wege zu gehen, konnten einzelne Bilder uns kein Verstehen vermitteln. Im Vorwort schreibt er: »Dieses Buch wird vielleicht nur der verstehen, der die Gedanken, die darin ausgedrückt sind – oder doch ähnliche Gedanken – schon selbst einmal gedacht hat.« Das Seltsame war, daß wir alle uns einbildeten, ähnliche Gedanken schon einmal gedacht zu haben, allerdings so flüchtig, daß sie nie Zeit hatten, zu einer haltbaren Form zu kommen.

So haben wir zwar den augenblicklichen Schauder erlebt, den die Berührung mit der Möglichkeit des Verstehens auslöst, sind aber nie auf den vorgegebenen Wegen zu den letzten Sätzen gekommen, die wichtig sind als Verbindung und Schlüssel zu den Gedanken, die er später gedacht hat. Daß die ersten Leser des »Tractatus«, hellere Köpfe als wir, in ähnliche Schwierigkeiten gerieten, milderte unsere Komplexe.

Die Zeit, die wir seinen Sätzen widmeten, war jedenfalls nicht verloren. Wie ein Sauerstoffstoß ist uns die Lektüre ins Hirn gefahren, so mächtig, daß die Gedanken aus den Schienen sprangen und das Fliegen versuchten. Die Erinnerung daran, die Lust, sich noch einmal in Gefahr zu begeben, hat alle Abstürze überdauert.

Einer von Euch, ich glaube, es war Manfred mit seiner Manie, Abstraktes in Modellen sichtbar zu machen, hat mir zum Geburtstag ein geheimnisvolles Konstrukt geschenkt, das ich nach seiner Anweisung vor schwarzem Hintergrund aufgehängt habe. Es besteht aus dünnem Silberdraht, der, siebenmal in regelmäßigen Abständen geknotet, zum Kreis gebogen ist. Aus den Knoten wachsen vielfach verzweigte Fühler, deren äußerste Spitze sich zum Kreis zurückbiegt. Nur der siebte Knoten trägt keinen Fühler. Er steht allein vor der Schwärze, die Schweigen bedeutet. Auf diese Weise ist ein räumliches Gebilde von großer Leichtigkeit und Durchsichtigkeit entstanden, welches, da es an einem Faden von der Decke herabhängt, bei jedem Luftzug ins Schaukeln gerät …

Ohne den Brief noch einmal durchzulesen, steckt sie ihn in einen Umschlag und adressiert ihn an die ehemalige Lieblingsschülerin Sylvia, fest entschlossen, ihn am nächsten Morgen zur Post zu bringen, obwohl sie eigentlich wissen müßte, daß sie ihn, wie all die anderen, zwischen ihren Notizen vergessen wird.

In this house everybody can do as he pleases, sagt Mrs. Pearl. Auch Elisabeth Götte könnte wie Jeremy stundenlang in der Badewanne liegen oder um Mitternacht Lammkeulen braten, aber ihre Bedürfnisse sind anderer Art. Bei dem Versuch, sie sich zu erfüllen, spürt sie an einer Art atmosphärischem Schock, daß sie im Begriff ist, Grenzen zu überschreiten. Zweimal hat sie auf ihrer Platzsuche die untersten Stufen der Treppe zum Dachstock betreten, und zweimal ist sie umgekehrt. Keiner hat sie aufgehalten oder ein Zeichen von Unmut gegeben, aber ihre Nerven, die bereits tiefer als ihr Verstand in den fremden Lebensstrom eingetaucht sind, signalisieren unmißverständlich, daß das Betreten der oberen Räume nicht correct, nicht decent, nicht nice wäre. Also ist sie nie oben gewesen und wird auch nie dorthin gelangen.

Also doch Regeln? Warum behauptet Mrs. Pearl, es gebe keine? Ist das die britische Heuchelei, von der in ihrer Kindheit so oft die Rede war: Das perfide Albion! Trau keinem Engländer!

Lügt Mrs. Pearl? Oder zeigt sie die Regeln nicht, weil sie ihr unsichtbar sind, spurlos in Fleisch und Blut übergegangen als etwas Natürliches, Selbstverständliches, für alle Gültiges: everybody can do as he pleases, nämlich alle diejenigen, die in Mrs. Pearls eingefleischtem Regelsystem vorgesehen sind. Und was ist mit denen, die andere Regeln und Wünsche haben? Wenn sie nicht everybody sind – was sind sie dann?

Elisabeth Götte erinnert sich an die Klagen ihres Vaters über den Hochmut britischer Offiziere in der Besatzungszeit: Sie gehen an dir vorbei, als wärst du Luft, als gäbe es dich gar nicht – Kolonialverhalten, britische Arroganz!

Mit einem langen Blick umfaßt sie die zarte unscheinbare Person, deren unerschütterliche Heiterkeit dieses höchst mangelhafte Haus auch für den fremden Gast warm und lebendig macht, und begreift: Mrs. Pearl lügt nicht. Sie ist auch nicht arrogant, nur englisch. Wenn ich auch englisch, das heißt everybody wäre, könnte ich mir alle Wünsche erfüllen. Aber ich bin eben fremd, eben deutsch, eben nobody...

Auf ihren Nachmittagswanderungen gewinnt sie allmählich ein Bild vom Ort und seiner Umgebung. In entliehenen Gummistiefeln stapft sie Feldwege entlang, überspringt Gräben, klettert durch Zäune und Hecken, unterscheidet die Reste einer lässig betriebenen Landwirtschaft von den sorgfältig gepflegten Gärten der Pendler und macht sich ihre Gedanken, die sie abends in ihr Merkheft notiert.

Eines Tages entdeckt sie bei dem Versuch, den Heimweg abzukürzen, eine Wildnis aus Bäumen und Büschen, die sie bisher nicht wahrgenommen hat, obwohl sie nicht weit vom Haus liegen kann. Während sie freudig darauf zugeht, kommt ihr zum Bewußtsein, wie sehr sie in dieser fast baumlosen Gegend den Wald ihrer Heimat vermißt. Voller Lust, in der grünen Dämmerung unterzutauchen, den Duft modernder Blätter zu riechen, Stämme zu berühren und an ihnen empor durch Blätterkronen in den Himmel zu blicken, dringt sie ein und bemerkt erst, als sie über ein Stück Blech stolpert, daß sie sich keineswegs in einem Stück frei wuchernder Natur befindet, sondern auf einer diskret im Dickicht versteckten Müllkippe aus verrosteten Autoteilen, Farbeimern, Plastiktüten – jedes Teil ein Affront für ihr aus Deutschland importiertes ökologisches Gewissen.

Grimmig vor sich hin murmelnd fängt sie an, erreichbare Stücke zu sortieren und auf Haufen zusammenzutragen, in der Hoffnung, Jeremy zum Abtransport zu bewegen. Bei dem Versuch, einen Autoreifen aus dem Geschlinge der

Brombeerranken zu befreien, stößt sie auf einen alten Zigeunerwagen, der, mit schadhafter Plastikplane verhängt, in einer Mulde aufgebockt steht. Sie geht um den Wagen herum, streift die Plane zur Seite, entdeckt Reste von Schnitzwerk und Bemalung, ersteigt die Stufen, die zu der Tür am hinteren Ende hinaufführen, und versucht, durch die dreckigen Scheiben ins Innere zu blicken.

Allmählich teilt sich die Finsternis, Gegenstände treten hervor: ein Haufen zusammengeschobener Möbel, ein Feldbett, beladen mit einem Gewühl von Decken und Matratzen. Während sie noch schaut, geht in ihrem Kopf die Vision eines idealen Arbeitsplatzes auf – nah beim Haus und doch abgelegen, im Grünen versteckt wie das Baumhaus, von dem sie als Kind geträumt hat.

Schon legt sie sich die Arbeitsgänge einer gründlichen Reinigung zurecht: Eimer mit warmem Wasser, Bürste, Putzlumpen, Schrubber... Sie wird nichts erklären, und Mrs. Pearl wird nicht fragen. Diesen Ort will sie für sich allein haben. Er soll ihr Sitio, ihr Pieds-à-terre in der Fremde sein. Erst leise, dann heftiger zerrt sie an der Tür. Als sie endlich zurückweicht, kommt ihr Fäulnisgeruch entgegen. Über die Stufen ergießt sich ein Rinnsal schmutzigen Wassers. Während sie noch mit sich kämpft, ob sie ins Innere treten soll, huscht etwas Graues über ihren Fuß und verschwindet im Dunkeln unter dem Wagen – Maus, Ratte, Schlange, weiß der Himmel, was sich hier eingenistet hat. Für sie jedenfalls, Elisabeth Götte aus Deutschland, ist dieses feuchte Loch nicht der richtige Platz.

Seufzend macht sie sich auf den Heimweg, kämpft sich durch Zweige und Ranken, bis sie auf Mrs. Pearls Gemüseacker steht, der sich bis zur Rückseite des Cottages zieht und mit dem Kräuterbeet unter ihrem Kammerfenster endet.

Am anderen Morgen erfährt sie von Jeremy, daß der Zigeunerwagen vor Jahren ein Wunschobjekt seines Vaters war. Er hatte ihn auf einer Exkursion entdeckt und unter Mühen und Kosten hierher transportieren lassen. Die Idee war, ihn als

Standort für seine Libellenbeobachtung in Moor und Schilf zu benutzen, aber vorher sollte er genau so, wie er einmal war, mit den gleichen Schnitzereien, Farben, Ornamenten restauriert werden. Zu diesem Zweck hatte er monatelang Experten befragt, Fachbücher gewälzt, Museen und Antiquitätenläden durchforscht, aber die Informationen, die er erhielt, waren ihm nicht genau genug, um mit der Restauration zu beginnen.

He's very fussy in matters of historical authenticity, sagt Jeremy. The waggon became an obsession. He couldn't think of anything else, neglected his regular work, planned to live in it, being pulled around by a tractor. Mum was worried. She asked us to do something about it.

To do what?

Well, my brothers tried to sell it, which, I thought, wasn't fair, because it was father's waggon and dream. One day he might ask for it.

And who pulled it into the thicket?

Am nervösen Zucken seiner Augenbrauen sieht sie, daß ihr penetrantes Fragen ihm auf die Nerven geht. Offenbar hat er ein schlechtes Gewissen.

I did, sagt er schließlich, with the help of a farmer and his tractor, while the family was in Scotland, just to put it out of sight.

Did he ever ask for it?

No, he didn't. Maybe he forgot. Anyway – I'm going to fix it.

But you don't, sagt sie. It's all wet and rotten inside, because the plasticsheet is not tight.

I'll repair it, don't worry.

But when? sagt sie heftig. Tomorrow? next week? next month? next year?

Er hebt die Schultern. It's not that urgent, is it?

Eine Weile grollt sie schweigend vor sich hin, dann läßt sie ihren Unmut heraus: über seinen liederlichen Umgang mit dem Wagen, der doch ein Wunschobjekt seines Vaters war und irgendwann wieder sein könnte, aber dann wird nichts mehr davon übrig sein als ein Haufen verfaultes Holz. Überhaupt: das Wäldchen! Es könnte ein reizvoller Ort sein, wenn es nicht mit Müll und Schrott vollgestopft wäre. Warum gehen die Engländer so achtlos mit ihrer schönen Landschaft um? Überall stößt man auf Nachlässigkeit mit trash und garbage. Das fängt mit Kleinigkeiten an und endet bei Sellafield …

Sie spürt, daß sie zu weit gegangen ist, und schließt mit dem versöhnlichen Angebot, ihm bei einer Generalreinigung des Wäldchens zu helfen. Let's do it together. How about tomorrow morning?

Am nächsten Morgen wartet sie in Gummistiefeln und Anorak vor der Tür, aber Jeremy hat einen schlechten Tag und geht gleich nach dem Frühstück wieder nach oben. Auch die nächsten Vormittage vergehen, ohne daß er auf das Vorhaben zurückkommt. Das hätte sie sich denken können. Erstaunlicher ist, daß sie, die in der Regel durchführt, was sie sich vorgenommen hat, vergißt, ihn daran zu erinnern.

Sanft fließen die Spätsommertage dahin, und allmählich schwinden Wäldchen, Schrott, Zigeunerwagen aus ihrem Bewußtsein. Von Generalreinigung ist nicht mehr die Rede.

Ob er in den Jahrzehnten seiner Cambridge-Praxis mit dem berühmten Bertrand Russell zusammengetroffen sei, fragt sie den Professor und beobachtet mit Erstaunen, wie sich durch das Dauerlächeln hindurch so etwas wie eine spontane Reaktion abzeichnet: Mundwinkelzucken, dezentes Luftausblasen durch die Nase, ironisches Pathos bei der Gegenfrage: You mean the great philosopher? I never met him personally, fügt er hinzu, und nun ist sie ziemlich sicher, daß die wörtliche Übersetzung von Mienenspiel und Tonfall etwa so lauten könnte: Man mag diesen Bertrand Russell für einen großen Philosophen halten, mein Fall ist er nicht, und einen persönlichen Kontakt habe ich nie für wünschenswert gehalten.

Um ihre Interpretation zu überprüfen, fragt sie Jeremy, mit dem sie eines Morgens zum Beerenpflücken geschickt wird: What do you think of Bertrand Russell?

Bertrand Russell? Er wiederholt den Namen, als müsse er sich vergewissern, richtig verstanden zu haben. Dabei geht auf seinem Gesicht das gleiche, von Mundwinkelzucken begleitete, uralte Lächeln auf, das sein Vater bei der Nennung des Namens gelächelt hat, und als er dann fortfährt: A very progressive man! geschieht es im gleichen Tonfall, in dem sein Vater: You mean the great philosopher? gesagt hat. Auch hier die Botschaft: Nichts gegen Bertrand Russell, aber wir, die Pearls, wollen mit ihm nichts zu tun haben.

Während sie mit ihren Plastiktüten in den stachligen Büschen herumkriechen, um die schwarzen, bitteren, vom Straßenverkehr verstaubten Beeren zu pflücken, versucht sie durch geschicktes Fragen herauszukriegen, welcher Art die Vorbehalte sind, bekommt aber wie gewöhnlich nichts Präzises zu hören, nur allgemeine Statements über die richtigen Standpunkte, moralisch und politisch (die leider von manchen Denkern leichtfertig in Frage gestellt werden), über die Standfestigkeit der abgegangenen Margaret Thatcher, nach der er offenbar eine Art Heimweh empfindet, Lob ihrer Politik einschließlich des Falklandkrieges, Kritik an der Nachgiebigkeit ihrer Nachfolger, Mißtrauen gegen Europaprojekte, Ablehnung des Kanaltunnels, der nicht nur der Tollwut, sondern auch dem kontinentalen Sittenverfall Tür und Tor öffne (zum Beispiel unordentliche Verhältnisse zwischen den Geschlechtern, Frauen, die mehrere intime Freunde haben, Männer mit außerehelichen Beziehungen) – lauter im Ekelton ausgesprochene Beispiele, die eine vom Kontinent herüberschwappende Woge der Unmoral suggerieren und gleichzeitig, unausgesprochen, auf Bertrand Russell mit seinen erotischen und politischen Seitensprüngen anspielen, was Elisabeth Götte mit ihrer deutsch-protestantischen Wahrheitsliebe nicht ignorieren kann.

Heftig und unqualifiziert (weil sie nichts von Russell gelesen hat) fängt sie an, den Philosophen und Pazifisten zu verteidigen und merkt in ihrem Eifer nicht, daß sie sich selbst einer verschobenen Rede bedient, so daß nun zwei Redeweisen, die etwas anderes wollen, als sie sagen, zusammentreffen, sich aneinanderreiben und erhitzen mit dem Effekt, daß Jeremy Pazifisten verurteilt, die die selbstverständliche Loyalität gegenüber dem Land und der Königin untergraben, und Elisabeth Götte über Bürgersöhnchen und »milksops« herfällt, die aus der Sicherheit des heimischen Herdes nach Waffen und Krieg schreien und eine Eskapade wie den Falklandkrieg zum nationalen Triumph hochstilisieren. Den Satz mit dem Falklandkrieg spricht sie allerdings nicht zu Ende, weil ihr plötzlich die Einsicht kommt, daß sie mit ihren persönlichen Attacken einen Fehler begeht, der die seit Generationen betonierten Vorurteile bestätigt und in Jeremys Hirn sämtliche Warnlichter aufleuchten läßt (die Deutschen: aggressiv, rücksichtslos, unberechenbar). I'm sorry! murmelt sie.

Danach gibt es nichts mehr zu sagen. Beim Pflücken bewegen sie sich so weit auseinander, daß sie einander aus den Augen verlieren und Elisabeth Götte schließlich allein und zu Fuß den Heimweg antritt.

Nach einer Weile kommt Jeremy mit dem Auto nach, läßt sie einsteigen, und als sie ihn so blaß und starr neben sich sitzen sieht, sagt sie, daß es ihr leid täte, was sie über milksops gesagt habe, und ob sie sich nicht wieder vertragen wollten. Let's be friends again! Dabei berührt sie seinen Arm, um ihn zu bewegen, sie anzuschauen, aber das tut er nicht, sondern hält den Arm stocksteif und den Blick unverwandt auf die Straße gerichtet, während seine Wangen sich purpurn färben. Sie begreift, daß ihm das emotionale Register mindestens ebenso peinlich ist wie ihre Wut von vorhin und beschließt, in Zukunft nur noch small talk nach britischem Muster zu reden, weil eine höhere oder tiefere Verständigung mit den Eingeborenen dieses Landes offenbar nicht möglich ist.

Den Rest der Fahrt verbringen sie in einem angeregten Gespräch über Beerenobst, Marmeladen, Obstlikör und den Wettbewerb der Hausfrauen, der am kommenden Wochenende stattfinden soll.

Elisabeth Götte möchte erfahren, was Jeremy über die Deutschen denkt, aber das ist gar nicht so einfach. Zunächst liefert er eine Masse Verpackung: The Germans – clever, skillful, hardworking, orderly... Endlich kommt, noch einmal abgemildert durch Worte wie: seems to me – I may be wrong – rather – kind of – as if, der emotionale Kern heraus, bezeichnet mit Worten, die durch die Vorsilben over und ex auf Übertreibung und Überschreitung hinweisen: overdo, overload, overrate, overestimate, exalted, exaggerated, excessive, extreme ... Ob Ordnung oder Chaos, Militanz oder Pazifismus, Technikbegeisterung oder Naturschwärmerei, Kadavergehorsam oder Anarchismus – bei den Deutschen ist einfach alles ein bißchen over and ex, nicht normal (jedenfalls nicht englisch), deshalb disquieting, um nicht zu sagen, fearsome ... You never know what they'll (over) do next.

Nun möchte er auch ihre Meinung über die Engländer hören, aber damit kann und will sie nicht dienen, weil sie immer noch ganz am Anfang ist – ein Fräulein Kannitverstan in der alten Stadt dieser Sprache, der beim blinden Herumtappen gelegentlich ein Blick gelingt, a glimpse, aus dem sie womöglich die falschen Schlüsse zieht. Vorsichtig deutet sie an, daß ihr trotz Wortkenntnis vieles unverständlich sei. Wenn sie jemals dazu käme, sich eine Meinung über Sprache und Sprechen der Engländer im Vergleich zum deutschen Diskurs zu bilden, würden Vorsilben und Beiwörter wie re und back eine Rolle spielen: reserved, refuse, rebuff, relax, keep back, push back, hold back, draw back, shrink back, lean backward – Ausdrücke des Zurückweichens, Zurückhaltens, Zurückziehens, die bei der Begegnung mit over und ex besonders auffällig hervortreten, wie auch over und ex ihrerseits mit gesteigerter Empfindlichkeit auf re und back reagieren. Sollte man Wechselwirkungen annehmen? Haltungen, die einander durch Reibung hervorbringen, steigern, zum Exzeß treiben, wie es unter nahen Verwandten vorkommt? Beispiele drängen sich auf: die Übertreibungen des letzten deutschen Kaisers, Imponiergehabe, Flottenspleen, koloniale Husarenstücke … War das nicht emotionsgeladenes overdoing, exaltierte exaggeration, gerichtet gegen die Reserviertheit der britischen Verwandten? Und warum mußte Max Weber, dieser kluge und klarsichtige Deutsche, bei seiner Englandreise sich so übertrieben teutonisch aufführen, indem er Unmengen fleischiger Nahrung und Ströme von Bier verschlang und sein deutsch-markiges Männerorgan durch das ganze Lokal dröhnen ließ, warum, wenn es ihn nicht gereizt hätte, diese eingebildeten Engländer zu schockieren?

Als Jeremy verständnislos schweigt, fragt sie ihn, ob er sie aggressiv findet, was er erschrocken zurückweist. Nein! Nice, friendly, sweet, agreeable, hört sie sich nennen, wenn auch rather excitable, but that may be my fault.

Why your fault?

Well, my reticence may get on your nervs.

Reticence – sie weiß nicht, was das heißt, aber da sind sie wieder, die Vorsilben ex und re. Sie hat Lust zu lachen, bemerkt seinen erschrockenen Blick und läßt es sein. Anyway, I like you! sagt sie, und er murmelt erleichtert: Thank you.

Abends sitzt die Familie in Sesseln, die, zum Halbrund angeordnet, dem kalten fireplace zugewandt sind. Der Professor streckt seine Beine weit in den Raum. Mrs. Pearl gießt Tee nach und verteilt Süßigkeiten, die sie in einem Körbchen für die schönste Stunde des Tages verwahrt. Wenn alle ihr Teil bekommen haben, versinkt sie in einer Sesselecke und schließt die Augen. Sie braucht nicht hinzuschauen, um zu wissen, was in ihrem kleinen Ensemble vor sich geht. Wenn das Gespräch einschläft, bringt sie es wieder in Gang, indem sie Fragen und Bemerkungen wie Angelhaken nach den Lieblingsthemen der anderen auswirft. Wenn sie angebissen haben, kann sie sich wieder zur Ruhe setzen – bis zur nächsten Pause.

Jeremy mischt sich ein, wenn er den Eindruck hat, daß die Leistungen seines Vaters nicht angemessen zur Geltung kommen. Im Schneidersitz, der, wie er meint, seiner Verdauung zuträglich ist, wartet er auf den richtigen Moment, um aus dem Fernsehprogramm vorzulesen und Sendungen zu empfehlen, über deren Inhalt er sich vorher informiert hat. Seine Rolle in der Familie ist die eines Vermittlers moderner Kommunikationstechniken – ein mühsames und meist vergebliches Unterfangen. Zum Beispiel ist es ihm gelungen, seinem Vater einen individuell programmierten Arbeitscomputer zu besorgen, den dieser nach monatelangem Zögern tatsächlich in Gebrauch genommen hat. Von seinem nächsten Ziel, Elisabeth Götte für ein ähnliches Produkt zu gewinnen, ist er noch weit entfernt.

Wenn es ihm gelungen ist, den Vater für eine Sendung zu interessieren, holt er den kleinen Fernseher von oben und postiert ihn so auf einem Stuhl, daß alle hineinschauen können, ohne den Sessel zu verrücken. Mrs. Pearl mag Opern. Mr. Pearl interessiert sich für Parlamentsdebatten. Besonders gefällt es ihm, wenn scharf und witzig gestritten wird. Dann grunzt er anerkennend, und Mrs. Pearl nickt ihm lächelnd zu. Da zu dieser Zeit heftige Attacken gegen die deutsche Finanzpolitik geführt werden, erwartet Elisabeth Götte kritische Fragen und hat auch selbst einiges auf der Zunge, das sie gern loswerden möchte. Ja, in solchen Augenblicken spürt sie eine ihr bisher nicht bewußte Streitlust. In den stillen Gesichtern meint sie eine unerträgliche Selbstzufriedenheit wahrzunehmen, die zum Hineinstechen und Klären reizt, politisch (aber davon versteht sie zuwenig), aber auch privat. Warum zum Beispiel nimmt diese Familie nicht zur Kenntnis, daß es Fahrräder für örtliche Besorgungen und Busse nach Cambridge gibt, statt für jeden Meter Weges ihre stinkenden Schrottkisten anzuwerfen? Warum singt Jeremy Hymnen auf das Biotop, das sein Vater im Rahmen der Universität für seine Libellen angelegt hat, während er selbst, Jeremy, mit brutalem Gifteinsatz gegen das Unkraut im Garten vorgeht, ohne einen Gedanken an die dicht danebenliegenden Kräuter- und Gemüsebeete zu verschwenden? Warum wird nichts unternommen, um seine Krankheit zu identifizieren und konsequent zu behandeln? Oder ihn, falls sie ihn für gesund halten, wie es manchmal den Anschein hat, aus dem Haus zu werfen, damit er endlich erwachsen werden kann? Warum hören sie ihm nie zu? Warum sind seine Malversuche nirgends im Haus zu finden, während die Bildwerke seiner Brüder reichlich herumstehen? Wird es jemals möglich sein, solche Fragen zu stellen, ohne die ungeschriebenen Regeln zu verletzen?

Sie läßt ihre Augen durch den Raum wandern und verweilt bei den Händen: Jeremys nervöses Gefummel mit dem Fernsehprogramm; Mr. Pearls lange, knochige, wie von Riemenschneider geschnitzte Hände ruhig auf den ebenfalls langen, knochigen Oberschenkeln; Mrs. Pearls kleine, arbeitsrauhe, mit Altersflecken übersäte Hausfrauenhände, die immer etwas greifen, halten, reichen, räumen. Nie hat sie eine zärtliche Berührung zwischen den Händen des Ehepaares gesehen, nicht einmal das übliche Hausfrauenzupfen an Kragen und Aufschlägen, in dem sich ein Besitz- und Sorgeverhältnis manifestiert. Was zwischen den Eheleuten läuft, braucht offenbar keine Berührung, weil es sich in einem beide umschließenden Innenraum abspielt, und vielleicht sind es die hermetisch geschlossenen Wände dieses Innenraumes, an denen Jeremy sich abquält mit seinem Genörgel und der anfallsweise auftretenden Betriebsamkeit beim Reparieren irgendwelcher Schäden am Haus, die doch nie wirklich behoben werden, weil alles, was er mit diesen langen, blassen, wohlgeformten Händen tut, hastig und provisorisch geschieht, so als müsse es schnell und nebenbei erledigt werden, weil es Wichtigeres zu tun gibt, nur – was sollte dieses Wichtigere sein?

Wenn die Sendung zu Ende ist, trägt er den Fernseher wieder nach oben und kommt nicht zurück. Sein Schnaufen und Ächzen auf der Treppe veranlaßt Mrs. Pearl, die Augenbrauen zu heben. Wenn die Tür ins Schloß gefallen ist, entspannt sie sich und betrachtet die Hände in ihrem Schoß, die ganz still liegen, bis auf den Daumen der Rechten, der an der Seite des Zeigefingers entlang kleine Kreise beschreibt. Der Professor blättert langsamer in seinem Buch. Immer öfter sinken die Lider über seine trüben alten Augen, bis sie schließlich ganz unten bleiben. Dann legt Mrs. Pearl ihre Hand auf seinen Arm, rüttelt ein bißchen und flötet: How about going to bed? Und das ist dann doch eine Berührung ...

Diese Abende – Tümpel der Langeweile –, Elisabeth Götte kann danach nicht schlafen gehen. Durch die Hintertür schlüpft sie ins Freie, rennt zwischen den Hecken auf und ab, horchend nach Stimmen, Musik, irgendeinem geselligen Lärm. Die mieseste Spätvorstellung im Kino wäre ihr lieber als die tote Stille dieser Straßen, dieser heckenbewehrten Gärten und Häuser. Überwältigt von einem verrückten Heimweh, flüchtet sie in die einzige Telefonzelle des Ortes und wählt ihre eigene Nummer in Deutschland, nur um dem Signal nachzuhorchen auf seinem Weg durch den Raum, der alles enthält, was ihr einmal wichtig war: die Bücher, Bilder, Noten, der Flügel, der Tisch, an dem sie donnerstags abends mit Schülern, Ehemaligen, Freunden gesessen hat und sich jetzt wieder sitzen sieht, ein Kreis vertrauter Gesichter, so lebendig im rötlichen Lichtkreis der Lampe, daß die Telefonzelle und die fremde Finsternis hinter den Scheiben versinkt.

Es hat sie doch gegeben – unsere großen Abende, flüstert sie in den Raum, die Gespräche, die uns bis tief in die Nacht auf den gebrechlichen Biedermeierstühlen festhielten, leidenschaftliche Diskussionen, Entdeckungsreisen in fremde Wirklichkeiten, in denen wir uns selbst mit unseren Fragen, Zweifeln, Hoffnungen, unseren Beziehungen und Einsamkeiten wiedererkannten. Oder war das damals schon Einbildung? Seid ihr nur deshalb zu meinen Abenden gekommen, um mir, eurer liebenswert überspannten Lehrerin, eine Enttäuschung zu ersparen? Hat der Glaube an die Erneuerungskraft der Literatur mich blind und taub gemacht für den Schwund, der innen stattfand, bis in die Stimmen hinein? Wie die Freude wegging und etwas Mühsames, Künstliches an ihre Stelle trat, eine Sorge um Niveau und Form, eine

Anpassung an die wechselnden Trends des Literaturbetriebs, ein Vermeiden von Schwächen und Blößen, eine Anstrengung, Kluges zu sagen, sich mit Tiefsinn zu produzieren. Und bei jedem Abschied die wortreichen Versicherungen, daß es ein gutes Gespräch gewesen sei.

Die Wahrheit überfiel mich bei unserem letzten Treffen, als ich schon den Boden unter den Füßen verloren hatte. Ich wollte euch erklären, warum ich nicht mehr unterrichten könne, und hatte als Thema die Erzählung »Alles« von Ingeborg Bachmann vorgeschlagen – eine komplizierte Geschichte, in der ein Vater versucht, sein Kind vor der Sprache zu bewahren, die alles mitschleppt, was im schmutzigen Lebensstrom daran hängengeblieben ist: »die immer wieder mißlingende Liebe, die Wirrsal von Leidenschaft, Gewalt, Schuld, Verzweiflung, die Schändlichkeiten, die Menschen einander antun«. Dieses Kind sollte leer und frei sein für einen neuen Anfang: »die Sprache der Blätter, der Steine, des Wassers«. Wenn es mir gelänge, diesen Vater verständlich zu machen, würde auch meine Flucht Verständnis finden, dachte ich. Die Sache mit Daniel wäre dann nur ein Anlaß unter anderen gewesen, ein Riß im Vorhang, durch den die verborgene Hölle der Worte sichtbar wird, vor der der Vater sein Kind bewahren will.

Aber genau an diesem Punkt ist unser Gespräch abgestürzt. Isabell, unsere angehende Psychologin, ist diesem Vater mit Argumenten der Populärpsychologie zu Leibe gegangen: daß er sein eigenes Versagen an dem hilflosen Kind rächt, es isoliert, seinen Altersgenossen entfremdet, es sprachlos macht und schließlich in den Tod treibt, um eines irrwitzigen Zieles willen. Und als sie den Vater erledigt hatte, ging sie auf die Bachmann los: Daß eine Frau so etwas Unmenschliches schreiben kann! Man merkt, daß sie selbst keine Kinder gehabt hat, keine Muttergefühle kennt. Wäre sie doch bei der Lyrik geblieben – ihren wunderbaren Gedichten. (Als hätte sie ganz vergessen, was in den Gedichten über die Verzweiflung an der Sprache gesagt wird.)

Ich habe euch nicht vermitteln können, daß es in dieser Geschichte nicht um Erziehungsprobleme geht, sondern um eine Not, die nur durch »alles«, nämlich durch die neue Sprache, das Zauberwort, das alles verändert, gewendet werden kann. Daß man »alles« eben nicht haben kann, war euch so klar, so selbstverständlich, daß schon die Vorstellung, man könne sich nach dieser anderen Sprache sehnen (»die noch nie regiert hat, die aber unsere Ahnung regiert und die wir nachahmen«), als krankhafte Abweichung erschien.

Nur Sylvia hat bemerkt, daß mir kalt wurde. Sie hat ein Plaid geholt und es mir um die Schultern gelegt. Du darfst nicht frieren, sagte sie. Wenn du frierst, wirst du krank, hat der Doktor gesagt. Aber die Kälte ist geblieben, und es war die gleiche Kälte, die mir in die Glieder gekrochen war, als ich erfuhr, was die Klasse mit Daniel gemacht hat.

In dieser Nacht habe ich beschlossen fortzugehen.

Das Signal in der Muschel ist verstummt. Während sie noch in die Stille lauscht, erlischt der Raum, in dem sie einmal zu Hause war. Beklommen hängt sie den Hörer ein.

Wenn Jeremy sie durch das alte Cambridge der Colleges geleitet, benimmt er sich wie ein Sohn, der einem Gast in Abwesenheit der Eltern den Familienbesitz vorführt. Bei der Kommentierung der Sehenswürdigkeiten greift er tief in die Geschichte hinab, die er, wenn sie sich der Gegenwart nähert, in die persönliche Geschichte seines Vaters münden läßt. Fragen, die abseits führen, läßt er unauffällig versickern. Das Bild, das er in sich trägt, verträgt keine Abweichung. Anekdoten, die er reichlich einstreut, stammen aus Zeiten, die vor seiner bewußten Wahrnehmung liegen, also eigentlich zur Erinnerung seines Vaters gehören, mit der er umgeht, als wäre es seine eigene.

Beim Schlendern durch Gärten und Höfe fällt ihr auf, daß es für ihn verschiedene Stufen der Vertrautheit gibt – äußere und innere Kreise. In der Regel hält er sich mehr oder weniger an die Anweisungen, die die Touristenwege von den Insiderbereichen trennen, wobei er Wert darauf legt, sich durch Haltung, Sprache, kleine Übertretungen von den Touristen zu unterscheiden. Natürlich könne er als Sohn seines Vaters sich überall frei bewegen, betont er, aber in diesem Fall (weil sie dabei ist!) verzichte er darauf, um den Touristen keinen Anreiz zum leichtfertigen Umgang mit den Vorschriften zu geben. Im College seines Vaters nimmt er solche Rücksichten nicht. Hier parkt er sein Auto in dem für Dons reservierten Hof, zu dem er den Schlüssel in der Tasche trägt, grüßt leutselig entgegenkommende Angestellte, weiß jede Hintertür, jeden verstohlenen Schlupf, als sei er hier aufgewachsen.

Die Wege, die er geht, die Orte, die er zeigt, sind von den unsichtbaren Spuren des Vaters vorgezeichnet: Bäume, die auf seine Anweisung gepflanzt wurden, Rabatten, deren Gestaltung er angeordnet hat, die Bank, auf der er sich von der Arbeit ausruhte, die Laterne, die er versetzen ließ, um einen ungestörten Ausblick auf den Fluß zu genießen. In jedem Satz ist dezent, aber unüberhörbar die Absicht zu spüren, den Vater als Spiritus rector des erlauchten Establishments vorzuführen.

What about you? möchte sie fragen. Was sind deine eigenen Erfahrungen mit dieser Institution? Hat dein Vater dich jemals in seine Räume mitgenommen? Ist er mit dir durch die Gärten gegangen? Hat er dich seinen Kollegen und Studenten vorgestellt? Hätte er gern gesehen, wenn du an seinem College studiert hättest? Warum ist es nicht dazu gekommen?

Statt dessen erkundigt sie sich nach seiner Malerei: Ob er nicht weitermachen wolle? Warum er das Studium in London aufgegeben habe? Sofort spürt sie Widerstand: verdüsterte Miene, Grabesstimme: Don't you remember what I told you about my father?

Nein, sie weiß es immer noch nicht, und sie will es auch nicht mehr wissen. Nichts im Haushalt der Pearls weist auf kommende Katastrophen hin. Nur Jeremy sieht sie voraus, wünscht sie vielleicht herbei, um zu Hause zu bleiben und sich wichtig zu machen als Hüter und Beschützer eines Vaters, der ihn offensichtlich nicht braucht.

Your father is not alone, sagt sie. There are your brothers, your mother ...

They don't understand him, sagt er. He doesn't talk about it. But I know.

Mit geheimnisvoller Miene streut er Andeutungen: intrigues, plotlings, interference from higher levels ...

Als sie genauer nachfragt, zieht er sich vorsichtig zurück: hard to explain – you wouldn't understand – it's a complicated matter, even for insiders ...

And you are an insider? spottet sie.

Yes, in a way ... Eilig drängt er sie weiter, durch Höfe und Torgänge hinaus an den Fluß, verweilt an Aussichtspunkten, erwartet Entzücken, kommentiert Bootsrennen, Open-air-Konzerte, Theateraufführungen, Parties, an denen er nie teilgenommen hat.

Show me your paintings, sagt sie unvermittelt. I have friends in Germany, experts. They could tell if it's worth to continue.

Verlegen wehrt er ab. Er wisse nicht, wo er seine Arbeiten gelassen habe. Maybe I left them in London.

You'll look for them, will you? Promise!

Widerstrebend nimmt er die Hand, die sie ihm hinstreckt.

Well, but ...

Als sie gegen Mittag heimkommen, liegt vor der Küchentür ein Haufen Rucksäcke, Reisetaschen, Schlafsäcke, Decken. Sie spürt, wie er neben ihr zögert, als wollte er in die Büsche ausweichen, wie er es manchmal tut, wenn Besuch im Haus ist. Aber dann gibt er sich einen Ruck, geht hinein, begrüßt die heimgekehrten Brüder, stellt sie ihr vor und verschwindet nach oben.

Nun sind sie alle beisammen, um das Unheil, was immer das sein mag, abzuwenden, denkt sie und weiß, daß Jeremy es lieber allein tun würde.

Wenn die Familie abends nach oben gegangen ist, wird es still im Haus. Auf ihren nächtlichen Erkundungsgängen bleibt Elisabeth Götte am Fuß der Treppe stehen und horcht mit angehaltenem Atem hinauf. Manchmal klingt leise Musik aus Jeremys Radio; der Professor tut einen gewaltigen Schnarcher, der sich anhört, als ringe ein Erstickender nach Luft. Sonst nichts als die Geräusche alter Häuser bei Nacht. Wenn Schritte sich rühren, flieht sie in ihre Kammer zurück. Sie weiß, es ist Jeremy, der in die Küche geht, um seine einsame Nachtmahlzeit vorzubereiten.

In der ersten Zeit hat sie versucht, Mrs. Pearl in ein »persönliches Gespräch« nach deutschem Muster zu verwickeln: Macht es ihr nichts aus, ständig an Haus, Garten, Familie gebunden zu sein? Jeremy macht die Einkäufe, Mr. Pearl fährt ins College, die älteren Söhne bereisen das Commonwealth. Sie bleibt beim Haus, sorgt für die Infrastruktur: das Teewasser immer heiß, Küchenkräuter und Gemüse immer frisch, das Essen rechtzeitig auf dem Tisch. Immer die gleiche lässige Ordnung. Früher hat sie Archäologie studiert und an Ausgrabungen in Griechenland teilgenommen. Als das erste Kind kam, hat sie das Studium aufgegeben. Tut ihr das nicht leid? Vermißt sie nichts?

Why? Sie schüttelt lächelnd den Kopf. Sie tut, was sie gern tut. Sie könnte so oft und so weit verreisen, wie sie will, aber sie will eben nicht verreisen, außer mit der Familie nach Schottland, in die Hütte ohne Strom und Wasser. Elisabeth ist herzlich eingeladen, sie dort zu besuchen. Such a wonderful landscape for your walks! Aus der Küchenschublade wühlt sie ein Bündel Fotos hervor, räumt ein Stück Tisch frei und breitet sie aus: spärlich bewachsene Hügel, Wiesenland mit Weidezäunen, Seeufer im Nebel, Hütte und Stall aus locker gefügten Bruchsteinen, tief heruntergezogenes Dach, winzige Fensterluken, ein Bach mit Steg (That's where we get our water!). Aus dem persönlichen Gespräch ist ein Lobpreis der Landschaft Schottlands geworden.

Auch Jeremy hält sich trotz Redseligkeit bedeckt, was persönliche Gefühle betrifft. Um ihn in Rage zu bringen, spottet sie über sein Heiligtum, das alte Cambridge der Colleges, nennt es ein Freilichtmuseum, in dem ein paar Kunstfiguren in gowns herumlaufen, damit die Touristen Motive zum Fotografieren finden. Imagine them showing their fotos back home in Canada, Israel, Japan, telling legends about old England – a vanished world. Als er schweigend weitergeht, läuft sie ein paar Schritte voraus und stellt sich ihm in den Weg: I said something!

I'm sorry. Please say it once more!

No! sagt sie wütend.

Eine Gruppe Studenten kommt ihnen redend und lachend entgegen. Sie spürt belustigte Blicke, und plötzlich dreht ihre Wahrnehmung sich um und sie sieht mit den Augen der Studenten ein lächerliches Paar daherkommen: der lange dünne Jeremy, der mit Schlenkergliedern und fahrigen Gesten immer noch wie ein Heranwachsender wirkt, und die gepflegte Dame fortgeschrittenen Alters, die seine Mutter sein könnte, aber sich nicht so benimmt, sondern, von schwer durchschaubaren Impulsen bewegt, in die Haltungen vergangener Lebensphasen verfällt: die aufbegehrende Studentin; die kokett-aggressive Freundin.

Das fehlt grade noch, daß ich mich in diesen späten Jüngling verliebe, denkt sie, langsamer gehend, um einen Abstand zwischen sich und Jeremy zu bringen. Früher habe ich immer ältere Freunde gehabt. Frederik fällt ihr ein, ihr letzter Liebhaber, dem sie nicht einmal ihre Abreise mitgeteilt hat. Ich müßte ihn nur anrufen, denkt sie. Er würde sich unverzüglich ins Flugzeug setzen. Oder etwa nicht?

Auf dem Heimweg fährt Jeremy Umwege, um ihr moderne Institute vorzuführen, wahrscheinlich als anschauliches Argument gegen die »vanished world«. In einer langen, ununterbrochenen Rede referiert er über bahnbrechende Leistungen auf Zukunftsgebieten: Atom, DNS, Retortenbabies, lauter Gegenstände, die ihr herzlich unsympathisch sind, aber das sagt sie nicht, sondern:

Why do you never hit back when I hurt you?

What do you mean? You didn't hurt me, did you?

I did! fährt sie ihn an. Don't play the untouchable. Why can't you ever be honest?

Schon als sie es ausspricht, spürt sie, daß das Wort »honest« nicht sagt, was sie sagen will, nämlich: Hör auf, deine Gefühle zu verstecken! Sei einmal offen!

May be I used the wrong word, sagt sie. What I meant to say was: why don't you show your anger when you're angry?

But I'm not angry, sagt er erstaunt.

Zu Hause schaut sie im Little Oxford nach und sieht ihre Befürchtung bestätigt. »Honest« wird mit »not cheating«, »not stealing« erklärt und mit Sätzen umschrieben wie »to earn an honest living« und »my secretary is absoluteley honest«. Immer noch Finsternis in der alten Stadt dieser Sprache, Eingänge, die sie verpaßt, Wände, an die sie stößt. Die andere Jeremy-Stimme, die sie bei der Ankunft begrüßt hatte, hat sich in unzugängliche Innenräume zurückgezogen. Vielleicht gebraucht er sie nur zu besonderen Gelegenheiten – Ankünfte, Abreisen, Todesfälle ... Oder sie funktioniert nur am Telefon: Lovely to hear your voice ...

Dennoch, mitten im üblichen Informationsfluß hat sie manchmal den Eindruck, daß die andere Stimme herauswill. Ein inneres Beben wird spürbar und eine Kraftanstrengung, es zu unterdrücken. Meist folgt darauf eine Serie unauffällig eingeflochtener What-do-you-think-about-Fragen zu verschiedenen Gegenständen, die nur eins gemeinsam haben, daß sie als Anknüpfungspunkt für weitere, näher ans wirkliche Thema heranführende Fragen dienen.

Und dieses wirkliche Thema sind Frauen. Was denken sie? Was fühlen sie? Wie reagieren sie auf dieses und jenes? Wenn sie ihn zu überzeugen versucht, daß Frauen ebenso wie Männer ganz unterschiedliche Wesen mit unterschiedlichen Gedanken, Gefühlen, Reaktionen sind, wechselt er das Thema. Aber es kommt wieder. Die allgemeinen Fragen sind nicht der Kern, nicht die Quelle des Bebens. Eine quälende Ungewißheit treibt sie heraus, so heftig, daß sie die in Generationen gelegten Schichten der Diskretion und Zurückhaltung durchlöchern. Wenn die Herumfragerei zu lange dauert, wird sie ungeduldig: Tell me what you really want to know and I shall answer you! Dann verstummt er. Aber das Beben bleibt.

Der Wettbewerb findet an einem Sonntagvormittag statt. Er wird von dem ältesten Pearl-Sohn organisiert, der vor kurzem aus Australien zurückgekehrt ist. Frühmorgens packt er Mrs. Pearls Ballons und Gläser ins Auto und fährt sie um die Ecke zur Schule, wo er den Aufbau der Tische und Stellwände leitet und dem Programm aus Ansprachen, Rezitationen und Schulkinderchor den letzten Schliff verleiht. Er selbst steuert eine kleine Ausstellung von Reisefotos bei, die, zusammen mit ausgewählten Kinderzeichnungen und -malereien, im Nebenraum gezeigt werden soll. Nach dem Frühstück folgt die Familie im Volvo.

Die Schule dröhnt und brodelt von Leuten, die sich im Vorraum begrüßen und anschließend an den langen Reihen weißgedeckter Tische entlangwandeln, immer wieder verweilend, Bekannte begrüßend, in begeisterte Rufe ausbrechend: sweet, perfect, delicious – ein Jubelchor aus weiblichen Flötenstimmen über Riesentomaten, Kürbisse, Zucchinis, über Marmeladen, Chutneys, Kuchen, Plätzchen, über Gestricktes, Gehäkeltes, Gesticktes, Gebasteltes.

Elisabeth Götte hat sich von Mrs. Pearl getrennt, um ihr das ständige Vorstellen zu ersparen: Betty – our friend from Germany... Vom Rand her zuschauend versucht sie vergeblich, die Besucher nach Schicht, Beruf, Bildungsgrad zu sortieren. Im Äußeren findet sie keine Anhaltspunkte, und zum Wahrnehmen der bekannten Sprachdifferenzen reichen ihre Kenntnisse nicht aus.

Jetzt wäre es nützlich, Jeremy mit seinen Kommentaren zur Seite zu haben, aber der hat sich schon am Eingang aus dem Staub gemacht, weil ihm die Geschäftigkeit seines Bruders auf die Nerven geht. Für sie allein – Gast mit dem fremden Blick – wirkt die Bewegung im Saal wie ein Kontertanz mit auswechselbaren Figuren, die einander immer in den gleichen Haltungen begegnen – gemessen, freundlich, wohlerzogen, ohne Fehltritt in einem für alle geltenden, von allen beherrschten Regelsystem. Auch ihre Gastgeber, die sie für exzentrische, menschenscheue Einzelgänger gehalten hat (noch nie während ihres Aufenthaltes haben die Pearls Besuche gemacht oder empfangen), fügen sich mühelos in die Choreographie, Mrs. Pearl immer in einer Wolke jubelnder Hausfrauen, Mr. Pearl eher statisch in der dunklen Gruppe älterer Herren, die aus winzigen Gläsern Obstweine und Eierliköre kosten und in gedämpften Brummtönen ihre Jurorenurteile austauschen.

Er fühlt sich wohl, man sieht es ihm an, seine Haltung ist aufrechter, der Blick klarer, das Lächeln lebendiger als zu Hause. Charmant begrüßt er vorüberwehende Damen, läßt amüsante Geschichten los, die in seinem Umkreis Heiterkeit erregen. Zum ersten Mal nimmt sie ihn als gesellschaftliches Wesen wahr, und was sie sieht, gefällt ihr.

Während sie sich langsam in Richtung Vorraum bewegt, versucht sie sich vorzustellen, wie ihr Vater, auch er ein alter Professor, allerdings ein deutscher, sich in diesem hausbackenen Ensemble bewegen würde. Sie ist ziemlich sicher, daß er, als Wissenschaftler, Akademiker, den Anlaß als »unter seiner Würde« empfände. Wenn er überhaupt hinginge, dann nur ganz kurz, »um sich mal sehen zu lassen«, mit einem mühsamen Lächeln auf den Lippen, das sich im Gesicht seiner Gattin wiederholt, wenn die beiden Arm in Arm, huldvoll grüßend, eine Ehrenrunde ziehen, um danach unauffällig zu verschwinden.

Bei dem Versuch, den emotionalen Inhalt dieses Lächelns zu ermitteln, ist sie in die Nähe der Glastür zum Vorraum geraten und erschrickt, weil in dem gespiegelten Gesicht, das ihr entgegenkommt, ebendieses Lächeln erscheint und lesbar wird als Überheblichkeit, Belustigung, Langeweile ...

Soeben klettert der Professor das Treppchen zum Podium

hinauf und hält eine kleine Rede, in der er Fleiß und Geschick der Hausfrauen lobt und zu bedenken gibt, wie armselig (dabei breitet er die leeren Hände dem Publikum entgegen) die Herren dastünden, wenn sie mit ihren Arbeiten eine solche Ausstellung zu beschicken hätten. Als die Geräusche der Heiterkeit – die Herren chuckling, die Damen giggling – verklungen sind, findet er locker den Übergang vom Scherz zum Ernst, weist auf die Bedeutung solcher Zusammenkünfte für die Bürgergemeinschaft hin, nennt Höhepunkte, Mißgeschicke, Gewinner vergangener Wettbewerbe und schließt mit der Aufforderung an die Jury, ihre Aufgabe mit Geschmack, Gerechtigkeit und Wohlwollen wahrzunehmen.

Während die Prozession sich wieder rund um die Tische in Bewegung setzt, geht Elisabeth Götte durch den Vorraum ins Freie.

How did you like it? fragt Jeremy, der wie ein Chauffeur in der Nähe des Wagens herumsteht.

Very nice, sagt sie, really very nice ...

Auf dem Heimweg schmeckt sie das Wort »nice« auf der Zunge, horcht ihm nach, kombiniert es mit anderen Wörtern: nice weather, nice people, nice trip – ein Allerweltswort wie »nett«, findet sie, aber anders, weil eben die Allerwelt von nice eine andere ist als die von nett. Wie zum Beispiel klingt: be a nice girl? Im Deutschen würde man vielleicht sagen: sei ein braves oder ein liebes Mädchen. Aber nice ist nicht brav im deutschen Sinn von Gehorsam, und um auszudrücken, was im Deutschen mit lieb gemeint ist, klingt es zu kühl. Schließlich besteht es zum überwiegenden Teil aus -ice. Deutlicher gibt es sich in der Verneinung zu erkennen: not nice, was man im Deutschen vielleicht mit »nicht anständig« übersetzen würde, ohne es genau zu treffen, weil »anständig« und mehr noch »nicht anständig« oder gar »unanständig« ein moralisches Urteil ausdrückt, während »nice« und »not nice« eher dem Wort »schicklich« entspräche, wenn dieses Wort im Deutschen nicht so einen abgestandenen Klang hätte, also besser »angenehm« beziehungsweise »unangenehm«.

Mrs. Pearls Initiationssatz fällt ihr ein: In this house everybody can do as he pleases! und ihre eigene Erfahrung, daß er nicht für alle gilt, sondern für eine bestimmte Sorte englischer Menschen, die auf eine bestimmte Weise miteinander umgehen sollen, nämlich »nice« im Sinne des Wohlgefallens derer, die zu dieser, von Mrs. Pearl als »everybody« verstandenen Sorte dazugehören. Auch das ist natürlich ein Kodex, nicht weniger strikt als »Anstand«, aber eben dezenter.

Deutsche und englische Wörter vor sich hin murmelnd, wandert sie über den Plattenweg zum Haus, betritt die Küche, stellt mit einem Blick auf die Uhr fest, daß nicht einmal eine Stunde vergangen ist, und muß zugeben, daß sie sich, nice hin, nice her, bei der Veranstaltung der Hausfrauen sträflich gelangweilt hat.

Beim Nachschlagen im Little Oxford findet sie unter dem Wort »nice« eine Reihe bekannter Wörter wie »subtle«, »fine«, »agreeable«, »friendly«, »considerate«, aber auch zwei unbekannte, die sie nachschauen muß: »fastidious« und »punctilious«. Nach sorgfältiger Abschmeckung kommt sie zu dem Ergebnis, daß sie mit ihren Mutmaßungen nicht ganz falsch gelegen hat.

Not so bad, old girl! sagt sie laut, klappt Little Oxford zu und tut einen kleinen Schrei, als sie beim Umwenden Jeremy dicht hinter sich stehen sieht. Sie brechen in Gelächter aus, und während sie noch lachen, geht es ihr durch den Sinn, daß sie Jeremy noch nie lachen gehört hat, gesehen wohl, nämlich grinsen, lächeln, schmunzeln, aber nie einen Ton dabei gehört, und auch jetzt nur ganz kurz, etwa vier Ha-Stöße, der letzte bereits ironisch zurückgenommen, wie auch sein Gesicht nach einem Aufleuchten bewußtloser Albernheit wieder in die grämliche Normallage zurückrutscht. Immerhin – sie hat es gehört und gesehen. Sie weiß, daß es ihn gibt: Jeremy an sich, befreit von Sohnesängsten und -pflichten. Man muß nur verstehen, ihn herauszulocken, und sie, Studienrätin Dr. Elisabeth Götte, mit ihrer Erfahrung im Umgang mit verkorksten Jugendlichen, ist vielleicht die richtige Person dafür.

Ganz von ferne deutet eine Aufgabe sich an und eine Lust, sie zu ergreifen.

Und nun, sagt sie kategorisch, and now you go upstairs and get me your paintings! Gehorsam trabt er die Treppe hinauf, und während sie noch überlegt, ob es im Englischen ein Pendant zu dem deutschen Ermunterungssatz: Dir werd ich Beine machen! gibt, kommt er mit einer großen grünen Mappe zurück, mitten hinein in den warmen Strom ihres Lächelns, für das sie von ihren Schülern geliebt worden ist: Ein bißchen überspannt ist sie schon, die Göttin, aber unheimlich nett ...

Da es im Haus zuwenig Licht gibt, trägt sie die Mappe zum Terrassentisch. Langsam wendet sie Blatt für Blatt, während Jeremy sich am Haus zu schaffen macht. Ab und zu wirft er einen verstohlenen Blick, horcht auf die halblauten Bemerkungen, mit denen sie ihre Bewunderung über die Delikatesse der Zeichnung und die sensible Farbgebung ausdrückt. Es sind fünfzehn Blätter, alle zum gleichen Thema: Libellen. Lanzenförmige Körper, runde Köpfe, seitlich vorstehende Kugelaugen, haarige Beine, gebogene Fühler, durchsichtige Flügel mit verzweigten Rippen und pastellmatten Farbtupfern, mit Akribie gezeichnet in den verschiedensten Stellungen, fliegend, an Halmen hängend, saugend, fressend, kopulierend. Herausgehoben aus ihrer Umgebung, von Licht und Schatten gereinigt, füllen sie die Blätter von Rand zu Rand. Da es keinen Größenvergleich gibt, wachsen sie in ihrer Phantasie zu ungeheuren Flugmaschinen, die in sirrendem Zickzack über dem Garten herankreuzen.

Your dragonflies are perfect, sagt sie laut gegen das Unbehagen, das ihr den Atem abschnürt. I never thought you could do such subtle things with your hands. They could very well serve as illustrations for a scientific book about insects.

Während sie spricht, fährt es ihr durch den Sinn, daß die Bilder vielleicht genau das sein sollten: Illustrationen für Mr.

Pearls Arbeit über Libellen, sein letztes naturwissenschaftliches Werk, bevor er sich der Philosophie zuwandte. Did you do them for your father?

Er murmelt etwas von birthday-present, und sie fragt nicht weiter, weil ihr einfällt, daß sie das Libellen-Buch gesehen hat. Soweit sie sich erinnert, war es mit Fotos illustriert.

Ob es noch andere Bilder gebe, fragt sie, andere Gegenstände, Techniken, Themen. Sicher habe er auf der Akademie nicht nur Libellen gemalt.

Why not? sagt er heftig. My father spent half his life with them. They are perfectly constructed from the eye-balls to the little sickle at the end of their bodies.

To me they look dangerous, sagt sie. I wouldn't like to have them above my bed. Did you draw them from nature? Maybe you should have given them some natural environment – reed, waterlilies, something of the sort, to show that they are alive.

Es stellt sich heraus, daß er unzählige Skizzen gemacht hat, teils in naturwissenschaftlichen Sammlungen, teils an einem Teich im Botanischen Garten. Monate habe er gebraucht, um die durchsichtigen Flügel, den metallischen Schimmer der Körpersegmente wiederzugeben. Aber Kunst ist nicht nur Wiedergabe, möchte sie sagen. Sie kann Neues schaffen, innere Bilder, Einsichten, Zusammenhänge. Aber das sagt sie nicht, weil seine ängstliche Erwartung im Weg ist, und bemüht sich um einen leichten Ton, ein Lächeln, das Mut machen soll.

You can do wonderful things, sagt sie. Why don't you do a painting for me? Something that tells me what is going on in your head?

I don't paint anymore, sagt er, ohne sie anzuschauen.

That's a shame, sagt sie. You must give me something you did before, anything except dragonflies.

There's nothing left, sagt er. I burned a lot of paper when I left London; should have burned the dragonflies too.

Why burn them?

Because they were not good enough, sagt er. That's why.

An einem Sonntag steigen sie in den Volvo des Professors, um die berühmte Kathedrale von Ely zu besuchen. Hoch über der Landstraße rollen sie dahin – Jeremy und Elisabeth Götte auf den hinteren Sitzen, das Ehepaar vorn, Mrs. Pearl auf dem Beifahrersitz so klein, daß nur ihr graues Hütchen über die Lehne ragt. Der Professor mächtig mit flatterndem Weißhaar hinter dem Steuer, seine Augen im Rückspiegel unbewegt unter halbgeschlossenen Lidern, als hätte er nicht das wechselnde Verkehrsgeschehen im Blick, sondern ein stilles Bild, das nur er sieht, weil es in seinem Kopf ist.

Während Jeremy aus dem Reiseführer vorliest, konzentriert sie ihre Aufmerksamkeit auf das Fahren – Beschleunigung, Bremsen, Überholen, Ausweichen, Abbiegen. Sie stellt fest, daß des Professors Reaktionen im allgemeinen angemessen sind, gelegentlich etwas verzögert, aber das fällt nicht ins Gewicht, weil er, unbeeinflußt von Auffahrern und Überholern, ein moderates Tempo einhält.

Entspannt lehnt sie sich zurück und sieht nun die Straße nicht mehr, nur Landschaft, sanft bewegt wie ein Meer ohne Wind, sehr grün – »the flat open fenland«, liest Jeremy, »interrupted by areas of higher ground that were often surrounded by water ...« Elisabeth Götte werden die Lider schwer.

Plötzlich tut Mrs. Pearls Hütchen einen Hüpfer über die Lehne, und kurz darauf kreischen die Bremsen grade zeitig genug, um einem ausscherenden Lastwagen auszuweichen.

Mit einem Schrei ist Elisabeth Götte hochgefahren, sitzt nun dicht hinter der Lehne, möchte etwas sagen wie »Das war aber knapp«, aber die englischen Worte fallen ihr nicht ein, und dann ist sie froh, daß sie nichts gesagt hat, würde am liebsten auch den Schrei zurückholen, weil die anderen mit keinem Zeichen verraten, daß sie etwas bemerkt haben.

In majestätischer Ruhe führen des Professors Hände das Steuer. Die kleine Frau neben ihm lehnt bequem in den Polstern, als hätte sie nie diesen Hüpfer nach oben getan, auf den Lippen das Ewiglächeln heiterer Zufriedenheit. Gemächlich fließt Landschaft hinter den Scheiben. Elisabeth Götte sieht alles wie einen sehr langsam gedrehten idyllischen Film, untermalt vom Psalmodieren des Vorlesers: »In 1083 the new Norman abbot began rebuilding the monastic church ...«

Nur eine Figur fällt aus dem Rahmen, nämlich sie selbst, die Fremde aus Deutschland. Steil sitzt sie auf der vorderen Kante des Sitzes, mit hochgezogenen Schultern, gerecktem Hals, hektisch von einem zum anderen spähend, als müsse eine Spur des vergangenen Schreckens irgendwo hängengeblieben sein. Und tatsächlich findet sie etwas: eine winzige Unruhe in Mrs. Pearls Schoß, ihre Hände und Finger, die sich bewegen. Also doch Nervosität? Ängste, die, verbannt aus Gesicht und Körper, nur in den Händen herausdürfen?

Mit einer Gier, die ihr peinlich wäre, wenn sie sich sehen könnte, starrt sie über die Lehne hinweg auf Mrs. Pearls Hände und wundert sich. Wie sie Daumen abspreizt, Zeigefinger hebt, mit der kleinen Faust nach vorn stößt. Wie sie jetzt grade die Handfläche gegen die Scheibe hebt und in sachtem Stakkato nach unten führt. Der Professor nimmt seinen Fuß vom Gas und schaltet in den dritten Gang.

Gibt es einen Zusammenhang zwischen ihren Händen und seinem Fahren? Gibt sie ihm Zeichen? In ihrer Phantasie spinnen sich feine Fäden, Nervenspitzen, die sich in einer gemeinsamen Aura berühren – ein in Jahrzehnten geübtes Zusammenspiel, von dem er nichts weiß. Und Mrs. Pearl? Was weiß sie?

Plötzlich halten die Hände still. Fest gefaltet, mit knotig hervortretenden Gelenken krampfen sie sich im Schoß. Ganz langsam überfährt der Professor ein Rotlicht und gleitet ohne den Kopf zu wenden an der Stoßstange eines hart abgebremsten Personenwagens vorbei.

Diesmal schreit Elisabeth Götte nicht. Hände vor den Augen, ist sie in ihren Sitz zurückgesunken, will nichts mehr sehen. Aber die Bilder in ihrem Kopf laufen weiter. Im Zeitlupentempo rollt das antike Gefährt auf einen klaffenden Abgrund zu und kippt sachte über den Rand.

Sie bricht in ein albernes Gekicher aus, das sie durch Husten zu übertönen versucht. Vergeblich. Der Vorleser verstummt. Irritiert bewegt der Professor die Schulter. Mrs. Pearl reicht ihr eine Packung Fisherman's Friend über die Lehne.

Look, ruft Jeremy, isn't it wonderful?

Durch einen Schleier von Lachtränen sieht sie die Kathedrale in der Ferne auftauchen, schwebend über der Ebene wie eine vom Himmel gefallene Engelsburg. Wonderful, haucht sie.

Als sie im Schatten der ungeheuren Fassade aus dem Wagen steigen, hat der service schon begonnen. Im Innern der Kathedrale jubelt ein Knabenchor. Durch den Mittelgang, zwischen dünnen himmelstrebenden Pfeilern entfernt sich das Ehepaar – zwei winzige Menschenfiguren auf dem Grund des halldurchtosten steinernen Schiffes.

Während der Predigt geht sie leise hinaus. Let's go for a walk, sagt sie zu Jeremy, der neben dem Portal wartet. I need some fresh air.

Sie wandern um den Kirchenkomplex herum und verlieren sich in den alten Gassen. Jeremy schlägt wieder den Reiseführer auf. Ehe er anfangen kann zu lesen, fragt sie ihn, ob seine Eltern sehr christlich seien. Noch nie, seit sie hier ist, haben sie die kleine Kirche des Ortes besucht. Es gibt keine Tischgebete, keine religiösen Bilder im Haus, keine Aktivitäten für die Kirchengemeinde.

Jeremy ignoriert, daß sie nach den Eltern gefragt hat, spricht nur von seinem Vater. Es sei nicht seine Art, Religion nach außen zu demonstrieren. Aus diesem Grund sei er nicht Pfarrer geworden, obwohl er auch Theologie studiert habe. Er trüge seinen Glauben in sich wie einen Kompaß, nach dem er sein Leben ausrichte. Keine Macht der Welt könne ihn bewegen, vom rechten Weg abzuweichen. Noch nie habe er, Jeremy, erlebt, daß sein Vater etwas Unrechtes, Fragwürdiges, Opportunistisches gesagt oder getan hätte. Das sagt er ohne Pathos, aber in einem Ton absoluter Gewißheit, der ihr auf die Nerven geht.

Nobody is perfect, sagt sie.

He is, sagt er.

Als sie zum Kirchplatz zurückkommen, sitzt das Ehepaar schon im Auto, und der Schrecken von vorhin rührt sich in ihrem Bewußtsein. Sie würde Jeremy gern fragen, ob er es auch gemerkt hat, weiß aber, daß sie keine Antwort bekommen würde.

Your father looks tired, sagt sie beim Näherkommen. Why don't you drive on the way back?

Erschrocken wehrt er ab: Oh no, he wouldn't like it.

Sie spürt, daß sie einen empfindlichen Punkt berührt hat, vielleicht einen alten, nie erfüllten Wunsch.

Does he never allow anybody to drive his car?

Als Jeremy mit gequälter Miene den Kopf schüttelt, spricht sie gleich weiter: But he is very old. His eyes are not so well. One day he will need somebody...

Jeremy öffnet die hintere Tür und läßt sie einsteigen. Erstaunt nimmt sie wahr, daß sein Gesicht sich aufgehellt hat. Träumt er von der Zeit, wo sein Vater ihn, den jüngsten und schwächsten unter den Söhnen, brauchen wird? Den einzigen, der ihn wirklich versteht ...

Allmählich lockert sich der Ritus der vormittäglichen sightseeingtours durch Cambridge. Da Elisabeth Götte nicht bereit ist, die von Jeremy empfohlenen Modelle im Computershop auszuprobieren, übernimmt er diese Vorarbeit selbst, und das gibt ihr Zeit, ziellos und absichtslos durch die Straßen zu bummeln, mit einem weitgespannten Wahrnehmungsfeld, das die Stadt unsortiert ein- und hindurchströmen läßt – ein ununterbrochenes Fließen aus Bildern, Räumen, Geräuschen, Stimmen. Zum ersten Mal hat sie Feriengefühle, wie sie sie als Kind gehabt hat, wenn sie mit den Eltern ans Meer fuhr – nichts wollen, nichts müssen, einfach dabeisein, sich einmischen in Bewegungen, die so vielfältig sind, daß die ihren darin verschwinden.

Sie erwartet Jeremy in einem kleinen ruhigen Tearoom, in

dem sie immer den gleichen Nischenplatz besetzt und bei der gleichen Bedienung den gleichen tea with applepie bestellt, was ihr ein Gefühl von Geborgenheit und Dauer vermittelt.

An einem dieser Vormittage bricht ein Schwall junger Stimmen in den stillen Raum. Eine deutsche Schulklasse besetzt die freien Plätze. Die Lehrer, ein älterer und ein junger, nehmen nach höflicher Frage an ihrem Tisch Platz. Sie bestellen Kaffee, bekommen ihn rasch, äußern sich zwinkernd über Geschmack und Qualität. Der Ältere beugt sich zum Ohr des Jüngeren und bemerkt, daß vieles in diesem Land doch ziemlich rückständig, ja geradezu armselig sei. Man könne meinen, nicht die Deutschen, sondern die Engländer hätten den Krieg verloren. Weniger die Worte als der selbstzufriedene Ton und das Lächeln dabei strapazieren ihre Nerven, aber am peinlichsten trifft sie die verständnisinnige Zustimmung des jungen Lehrers, der wahrscheinlich etwas ganz anderes denkt, aber dem Vorgesetzten gefällig sein will.

Dr. Filder fällt ihr ein, der junge Kollege, den sie in seiner Referendarzeit betreut hat, wie er dem Direktor untertänig zustimmte, als dieser mit feinem Lächeln bemerkte, daß die verehrte Frau Kollegin einfach zuviel in ihre Schüler investiere, immer auf der Suche nach dem verschütteten Ich, das angeblich in jedem Schüler vorhanden sei. Schön wär's ja, aber die Schule sei nun mal nicht der richtige Ort für solche Experimente, und Philipp Senger, dieser arrogante Schönling und Leithammel der 10b, sei sicherlich das falsche Objekt dafür. Das hätte er, der Direktor, von Anfang an gewußt.

Da hatte es auch Dr. Filder von Anfang an gewußt: So einem ist nur durch Druck beizukommen. Ein Fünfer in Deutsch – das hätte ihn von dem Sockel heruntergeholt, auf den die Kollegin ihn in bester Absicht erhoben hatte, indem sie ihm die Hauptrolle in dem Stück »Andorra« gab ...

Plötzlich ist es ihr unerträglich, mit den Herren an einem Tisch zu sitzen. Sie zählt das Geld für tea und applepie auf den Tisch, greift hastig nach Mantel und Tasche und flüchtet ohne

Gruß ins Freie. Erst als sie mit einem Blick von außen durchs Fenster Deutsche und Engländer friedlich beisammen sitzen sieht, kommt ihr die Lächerlichkeit ihrer Flucht zum Bewußtsein. Als könne der Ekel vor deutschem Wesen sie von demselben befreien, wo er doch eine urdeutsche Regung ist, nicht weniger deutsch als das Schleimen vor Autoritäten. Und ebenso peinlich.

Errötend, mit sich selbst hadernd, geht sie weiter, blind für Schaufenster und Passanten, bis der Blick sie trifft. Und noch ehe sie weiß, wessen Gesicht sie anschaut vom Cover eines Buches, das zwischen anderen in der Dillons-Auslage liegt, stehen die Worte schon da: auch deutsch, auch fremd, auch allein.

Sie ist stehengeblieben, preßt das Gesicht an die Scheibe, begreift allmählich, daß diese Augen nicht nach außen, sondern nach innen schauen mit einer strengen Ausschließlichkeit, die sich in der hohen blassen Stirn, den festgeschlossenen Lippen wiederholt. Ein asketisches, besessenes, einsames deutsches Gesicht, das mit ihrem augenblicklichen Seelenzustand wunderbar übereinstimmt. Er sei ein Autist gewesen, hat ihr Professor einmal gesagt, gefangen in den eigenen Bildern, unfähig, nach außen zu schauen.

Sie tritt ein, findet das Buch »The Duty of Genius« – eine Wittgenstein-Biographie von Ray Monk, wahrscheinlich schon länger erschienen, weil dies eine Taschenbuchausgabe ist. Sie trägt es zur Kasse, zahlt neun Pfund neunundneunzig, fängt schon auf der Straße an zu lesen, kehrt lesend in den Tearoom zurück, findet ihren Platz bei den deutschen Herren noch frei, liest und liest.

Seitdem ist Wittgenstein immer dabei, als Exempel zum besseren Verständnis ihrer eigenen Fremdheit zwischen den Sprachen, gelegentlich auch als Gesprächspartner, was er in lebendigem Zustand nie gewesen wäre, weil er, wie sein Jugendidol Otto Weininger, das Gespräch mit Frauen für müßig hielt, verlorene Zeit für einen, dessen Zeit immer knapp war für das, was er ausrichten wollte. Aber Tote können sich nicht wehren gegen das, was die Nachwelt mit ihnen anfängt, und wenn Elisabeth Götte auf ihre Weise in seinem Werk und Leben herumliest, muß er sich das gefallen lassen, auf die Gefahr hin, daß die schöne Klarheit seiner Gedanken wieder in das begrifflose Gewoge der »Heniden« zurücksinkt – jener von Säuglingen und Frauen praktizierten Vorform des Denkens, bei der Gefühl und Gedanke noch nicht voneinander getrennt sind.

An einem sonnigen Vormittag führt Jeremy sie in das Allerheiligste – die College-Wohnung seines Vaters. Er ist erregt, hektische Röte auf seinen Wangen, geheimnisvolle Andeutungen über die außergewöhnliche Erfahrung, die ihr bevorstehe. Ohne Aufenthalt geht er ihr voraus durch Torwege, Höfe, Gänge in einen kleinen Hof, der ihr besonders innen vorkommt, heimlich wie ein Klostergärtlein zwischen mittelalterlich gestylten Fassaden, überragt von Chapel-Türmen, sehr still, sehr fern vom Verkehrslärm und, an diesem Samstag, menschenleer.

Durch eine kleine Tür im Seitentrakt betreten sie ein Treppenhaus und steigen eine schmale Treppe hinauf, vorüber an Wohnungstüren, die ihr ungewöhnlich niedrig vorkommen, wie für eine kleinere oder gebeugte Sorte Menschen gemacht. Eine von ihnen schließt Jeremy auf, drängt sie hinein und schließt hinter sich ab.

There we are, sagt er und umschreibt mit feierlicher Geste einen mäßig großen, mäßig hohen Raum, der mit seinen schönen Proportionen und dem sanften Licht, das von beiden Seiten durch die vielfach unterteilten Fenster fällt, ein inniges Wohlgefühl in ihr erzeugt. Aufatmend läßt sie den Blick an den Bücherreihen entlanggleiten, die vom Boden bis zur Decke die Wände füllen, geht langsam von Fenster zu Fenster, beugt sich in die tiefen Nischen, die die Dicke der Mauern verraten, schaut in den Hof hinab, der von oben gesehen noch in sich gekehrter, noch klösterlicher wirkt.

What a wonderful place to work! ruft sie aus und begreift im gleichen Augenblick, daß für das, was sie Arbeit nennt, hier keine Gelegenheit ist – kein Schreibtisch, der nach ihrer Gewohnheit einen prominenten Platz im Raum einnehmen müßte. Statt dessen ein paar bequeme Sessel und, an die Wand gelehnt, ein Stoß Klappstühle, eine Truhe unter dem hinteren Fenster, ein antikes Schränkchen mit Gläsern und Teegeschirr neben der offenen Kochnische.

Where is your father's writingdesk?

Jeremy öffnet die Tür zu dem anschließenden Zimmer, das schmaler und dunkler ist, weil es nur von der Hofseite Licht bekommt. Dort steht der Schreibtisch – ein abgenutztes, billiges Möbel, und an der gegenüberliegenden Wand, neben der halboffenen Tür zu einem spartanischen Bad, eine schmale Schlafcouch.

Sie wundert sich über die Anordnung. Im Institutsraum ihres Vaters, der nur durch ein Vorzimmer mit Sekretärin zu erreichen war, stand der kolossale Schreibtisch in der Mitte, dahinter der hochlehnige, geschnitzte Arbeitsstuhl, davor zwei Besucherstühle und am entfernten Ende eine spärliche Sitzecke, wo bevorzugte Gäste von der Sekretärin mit dünnem Kaffee bewirtet wurden. Vorsichtig äußert sie ihr Erstaunen und sieht an Jeremys Lächeln, daß sie ein Stichwort gegeben hat.

Umständlich läßt er sich am Schreibtisch seines Vaters nieder, lehnt sich zurück, streckt die Beine weit in den Raum, als wolle er durch Platznahme ein Anrecht demonstrieren, räuspert sich, wie sein Vater sich vor längeren Reden zu räuspern pflegt, und beginnt seine Belehrung über den rechten Gebrauch dieser Räume und die ehrwürdige Tradition, die dahintersteht: Der vordere Raum ein offener gastlicher Ort für Besucher, Studenten, Kollegen, Freunde; das zellenartige Zimmer dahinter der Arbeit am Schreibtisch und den bescheidenen Bedürfnissen des Privatlebens gewidmet, klösterlich in der Konzeption, schließlich ist Ehelosigkeit der Lehrenden bis in die Neuzeit hinein die Regel gewesen.

Genüßlich betont er die Unterschiede zu kontinentalen Massenuniversitäten: die kleinen Gruppen, die intensive Supervision, die engen Kontakte zwischen Lehrenden und Lernenden, die auf Zeit berufenen Persönlichkeiten aus Politik, Wirtschaft, Kultur, das Klima von Toleranz, Fairness, Loyalität, Freiheit des Geistes, lebenslängliche Verbundenheit mit dem College, gemeinsame Lebensformen und -weisen, in denen Freundschaften und Beziehungen wachsen, die Einübung in demokratische Prozesse und öffentliche Verantwortung durch die Teilnahme an den Unions und Clubs, die schöne Ausgewogenheit zwischen Arbeit und Spiel, Wissenschaft und Kunst.

Sie kennt das alles aus den Kamingesprächen, aber die Emphase des Sohnes, der nie ein solches College besucht hat, verleiht der Schilderung eine quasireligiöse Inständigkeit, als sei von einem gelobten Land die Rede und von der Sehnsucht, dorthin zu kommen.

Als Jeremy anfängt, berühmte Namen zu nennen: Nobelpreisträger, Staatsmänner, Dichter, zieht sie sich leise in eine der Fensternischen des ersten Raumes zurück und läßt, begleitet von Jeremys Litanei, die eigenen Bilder laufen, darin der Professor, so lebendig anwesend wie er zu Hause abwesend ist, als Hausherr und Gastgeber im Kreis seiner Schüler und Kollegen, locker, bequem bei Tee oder Sherry, kein Schreibtischbollwerk dazwischen, nur die leere Mitte, Spielfeld für das Spiel, dessen Regeln und Fertigkeiten in diesen Instituten früh erlernt und durch alle Stufen hindurch geübt, vervollkommnet, öffentlich vorgeführt wird: die freie Rede in Vortrag, Gespräch, Disputation, the smooth, measured, civilized articulation of logic, beurteilt nach Kriterien, die nicht nur das Wissen berücksichtigen, sondern auch die Schönheit und Eleganz der Sprache.

Wie einsam ist sie in ihrem eigenen Studium gewesen. Wie hat sie als Lehrerin im Schulalltag kämpfen müssen, um das Orchideenfach Literatur gegen die Zwänge des Lehrplans zu verteidigen. Wie fremd wurden die Schüler, sobald sie die Schule verlassen hatten. Hier zu unterrichten, mit den Schülern zu leben, zu sprechen, zu arbeiten hätte eine bessere Lehrerin aus ihr gemacht, vielleicht einen anderen Menschen. »Cambridge is more nearly a home to me than any other place«, hat Bertrand Russell geschrieben, als er nach Jahren einsamer Arbeit an sein College zurückkehrte. »For a long time I have been starved for talk on things connected with my work, and here I get my fill of it.«

Here I got my fill of it, flüstert sie vor sich hin und stellt sich den zurückgekehrten Russell vor, wie er in einem Raum wie diesem an Bücherwänden entlanggeht. »A fairly large room«, schreibt er in einem Brief, »looking out on a Renaissance cloistered court, with Wren's library at one end and the Elizabethan College Hall at the other ... many books, but only one picture (the picture of my mother that used to be at Bagley Wood), and the little Spinoza and Leibniz. In the main it is rather severe ...« Zu dieser Zeit ist er 39 Jahre alt, das dichte Haar, später als weiße Flattermähne berühmt, vielleicht noch dunkel wie die buschigen Augenbrauen, die zartgliedrige Gestalt in lässige Eleganz gekleidet – Weste, Schlips, steifer Kragen, der das von Stirn und Augen beherrschte Gesicht hochträgt wie einen Hahnenkopf, ein offenes, zugewandtes, lebendiges Gesicht –, so hat er am Spätnachmittag des 18. Oktober 1911 mit einem Kollegen beim Tee gesessen, als ein unangemeldeter Besucher klopfte, eintrat und sich in mangelhaftem Englisch vorstellte: My name is Ludwig Wittgenstein ...

Tatsächlich klopft jemand an die Tür und klopft und klopft eine ganze Weile, bis sie aus ihren Träumereien aufschreckt.

Somebody knocking! ruft sie.

Nebenan poltert ein Stuhl. Jeremy, schreckensbleich, erscheint in der Tür, weist Elisabeth Götte mit gebieterischer Geste in die Fensternische zurück, bleibt, Finger vor den Lippen, in der Mitte des Raumes stehen, horcht.

Das Klopfen wird heftiger. Jeremy geht nun doch zur Tür und aus ihrem Blickfeld hinaus. Sie hört Gemurmel, unverständlich bis auf einen Satz, den er mehrmals mit hoher, gequetschter Stimme ausstößt: I'm not permitted to let anybody in! Endlich gibt der Besucher auf. Vom Fenster aus sieht sie ihn den Hof überqueren und im Torweg verschwinden. Nebenan, über den Schreibtisch gebeugt, rafft Jeremy Papiere zusammen und heftet sie in einen Ordner.

What did he want? fragt sie, als er blicklos vorübereilt.

He had a folding rule to measure the walls, sagt er, I'm going to sue him for illegal entry.

But he didn't come in!

He'll try again! He has support from inside.

What do you mean with »inside«?

Keine Antwort. Bebend vor Ungeduld wartet er, bis sie aus der Tür ist, dann schließt er hinter ihr ab. Sie kann kaum mitkommen, so schnell läuft er die Treppe hinunter, durch Höfe und Torwege auf die Straße. Einmal verliert sie ihn aus den Augen, kehrt um, sieht ihn in einer Telefonzelle stehen. Obwohl sie weiß, daß es nicht nice, decent ist, geht sie nah heran und fängt ein paar Worte auf: They can't do that to him! ... He would give his life for his college but not ... Ein vorüberdonnernder Lastwagen verschlingt den Rest. Was der Professor für sein College nicht aufgeben würde, erfährt sie nicht.

Völlig derangiert verläßt er die Zelle, Haare zerwühlt, mit fahrigen Bewegungen Passanten anrempelnd, ohne es zu bemerken. Sie versucht Schritt zu halten und beruhigend auf ihn einzureden. Als er mit zitternden Händen vergeblich versucht, den Autoschlüssel in das Schloß seines Wagens zu bringen, legt sie ihre Hand auf seine und hält sie fest. You shouldn't drive, sagt sie. Let's go to the tearoom and talk it over.

Als er einen Augenblick stillhält, spricht sie rasch weiter: Was denn so schrecklich sei an dem Besucher? Er sei schließlich nicht eingebrochen. Vielleicht habe er sich in der Tür geirrt. Wenn nicht, sei das nicht Jeremys Problem, sondern das seines Vaters, der vielleicht eine Verabredung vergessen hätte. Ask your fahter! sagt sie, lauter, weil er nun doch eingestiegen ist und sich im Kampf mit dem Zündschloß befindet. May be he wanted to show his apartment to a younger colleague. The rooms are not given for lifetime, are they?

Er gibt ihr einen gequälten Blick. You don't know what you're talking about!

Explain it to me! ruft sie gegen den aufheulenden Motor. I'll wait for you in the tearoom.

Mit zuviel Gas und einer waghalsigen Kurve stößt er in den Verkehr.

Im Tearoom setzt sie sich diesmal nicht in die gewohnte Nische, sondern in die Nähe der Tür, um Jeremy beim Eintreten sofort zu bemerken. Sie ist ziemlich sicher, daß er zurückkommen wird, aus purer Höflichkeit, weil er es einfach nicht fertigbringt, einen Gast am Straßenrand stehenzulassen. In dem Gespräch, das womöglich entsteht, wird sie versuchen, aufmerksamer zuzuhören, weniger zu reden, besser zu verstehen.

Allmählich klingt ihre Erregung ab. Sie findet ihre Ermahnungen aufdringlich, übertrieben, lächerlich. Warum versuche ich immer wieder, mich in Angelegenheiten einzumischen, über die wir uns offenbar nicht verständigen können? Sprachprobleme! Leider gibt es hier keinen Menschen, mit dem sie darüber sprechen kann. Sie holt die Mappe mit Wittgenstein-Notizen aus der Tasche und blättert darin herum, bis sie auf einen Satz stößt, der ihrer augenblicklichen Stimmung exakt entspricht: »Wenn man mit Leuten redet, die einen nicht wirklich verstehen, fühlt man immer das man has made a fool of oneself«, schreibt er ins Tagebuch von 1930. »Man hat die Wahl zwischen völliger Fremdheit & dieser unangenehmen Erfahrung ... Die Schwierigkeit ist mit einem Menschen freundlich zu sprechen ohne Punkte zu berühren in denen man sich nicht verstehen kann. Ernst zu sprechen & so daß keine unwesentliche Sache die zu Mißverständnissen führen muß berührt wird. Es ist mir beinahe unmöglich ...«

So ist es! sagt sie und schaut sich verstohlen um, ob jemand bemerkt hat, daß sie Selbstgespräche führt. Aber keiner achtet auf sie. Die Bedienung ist im Hinterzimmer verschwunden, und die Damen am Nebentisch, die sie wahrscheinlich gehört haben, sind viel zu diskret, als daß sie erstaunte Blicke werfen würden. Elisabeth Götte greift nach einem leeren Blatt.

Ich fange an zu verstehen, warum ich sie nicht verstehe, schreibt sie. Ich kenne eine Menge englischer Wörter und gebrauche sie »fließend«. Aber was die Pearls damit anfangen, in welchen Zusammenhang sie geraten, was sie anrichten in diesem Ensemble, verstehe ich nicht. Ich bin wie der Zuschauer beim Schachspiel, der beim Versuch, die Regeln zu erkennen, auf seltsame Probleme stößt. Die Leute, die Schach spielen, haben solche Probleme nicht. Verstehen sie das Spiel? Wozu? Sie spielen es. (Das Beispiel stammt nicht von mir, sondern von Wittgenstein!)

Wie soll ich jemals ihre Sprache lernen, wenn sie mich nicht mitspielen lassen. Versteht Ihr, daß das Sprechen mir jetzt schwerer fällt als am Anfang? Jedes Wort von einem Nebel aus Hintergedanken und Zweifeln umgeben. Wenn Ihr mich sehen könntet, schreibt sie. Ich ändere mich, aber niemand ist da, der es sehen und mir sagen könnte. Etwas, was ich einmal hatte, kommt mir abhanden – eine Balance, eine selbstverständliche Sicherheit, richtig zu sein. Habe ich früher heimlich Leute beobachtet um herauszukriegen, wie sie mich sehen? Habt Ihr jemals so etwas wie ein Helfersyndrom an mir entdeckt? Ich benehme mich wie das neue Kind im Kindergarten, das Bonbons verteilt, damit die anderen es mitspielen lassen. Ich gebe mir Mühe, wie sie zu sein und zu scheinen. Wenn ich am Spiegel vorbeigehe, sehe ich ihr Lächeln auf meinen Lippen. Oh really! sagt eine Stimme, die nicht meine ist, aber auch nicht ihre.

Wenn ich es merke, werde ich wütend und benehme mich unpassend, wie dieser Wittgenstein, der auf die Dauer fast alle seine englischen Freunde und Gönner vor den Kopf gestoßen hat. Mit verstohlener Zustimmung lese ich sein Lamento über Cambridge und die Scientific community: »the damp, cold spiritual climate«, »the stiffness, artificiality, selfsatisfaction« ihrer Sprache. Ich mache ihn zu meinem Gefährten und Bundesgenossen, bilde mir ein, ihn zu verstehen, bloß weil ich sie nicht verstehe. Auf meinen Streifzügen durch die Gärten und Höfe des Colleges durchsuche ich seine Biographie nach Mißverständnissen, um die meinigen damit zu vergleichen und zu erklären. Ich lasse Bilder in meinem Kopf ablaufen, in denen seine Fremdheit sichtbar und durchsichtig wird, zum Beispiel sein erster Auftritt in Trinity's: der Raum, die beiden Herren beim Tee, der Lichtkreis der Stehlampe, in den Fensternischen der graue Spätnachmittag, die Stimmen im gemächlich dahinfließenden Gespräch, erstauntes Aufblicken, als es klopft und ein Fremder eintritt.

Russell hat die Begegnung mehrmals in Briefen beschrieben: »An unknown German appeared speaking very little English but refusing to speak German. He turned out to be a man who had learned engineering at Charlottenburg, but during his courses had acquired, by himself, a passion for the philosophy of mathematics, and has now come to Cambridge to hear me ...« »(He) threw up everything and came to Cambridge«, schreibt er ein paar Tage später an eine andere Freundin.

Es gefällt ihm, daß dieser junge Deutsche während seines Studiums im fernen Charlottenburg »alles hinwarf«, um ihn, Bertrand Russell, zu hören.

Aber der Eindruck ist falsch. Der Fremde ist kein Deutscher, sondern Österreicher. Er studiert zu dieser Zeit nicht in Charlottenburg, sondern in Manchester, und hat dort keineswegs alles hingeworfen, sondern sich vorsorglich für das nächste Semester einschreiben lassen. Und ob er zum Zuhören nach Cambridge kommt, ist nach allem, was man von ihm weiß, zumindest zweifelhaft. Ray Monk, sein Biograph, schreibt den falschen Eindruck gewissen Auslassungen (»omissions«) bei der Vorstellung zu und macht dafür die »nervousness« des jungen Mannes verantwortlich.

Ich glaube nicht an die »omissions«. Wenn ich ihn richtig sehe, ist dieser Auftritt sorgfältig geplant, und er führt ihn so durch, wie er geplant ist. Dieser wohlerzogene Sohn einer etikettebewußten Gesellschaft hat sich nicht angemeldet, weder brieflich noch telefonisch, keinen Termin verabredet, sein über Jourdain an Russell geschicktes Manuskript nicht erwähnt, keine Empfehlung oder Fürsprache von Gotthold Frege in Anspruch genommen. Seine Vorstellung faßt er so vage, daß sie wie ein deutsches Märchen klingt: Da hat ein Jüngling im fernen Charlottenburg alles hingeworfen, ist in die weite Welt gezogen, um seinen Meister zu suchen.

Kein Wort über den begeistert begonnenen, kläglich geendeten Vorlauf: die Jahre in Manchester, in denen er sein Ingenieurstudium schleifen ließ, um sich mit Russells Werk auseinanderzusetzen; über die Hoffnung, daß auf diesem Gebiet seine Möglichkeit zum Genie liegen könnte; über die frenetische Arbeit an einem Paradox, das Russell ungelöst gelassen hat und das er, Wittgenstein, zu lösen versucht, um dieser Hoffnung eine Wirklichkeit zu erkämpfen; über die Versendung von Manuskripten; das Warten; die Enttäuschungen, Niederlagen, Demütigungen, die folgten; über den Absturz in eine tödliche Depression. Aus diesem Elend sich aufzuraffen, nach Cambridge zu fahren, Russell aufzusuchen, kann ich nur im Sinn eines letzten Versuchs verstehen. Der Selbstmörder, sprungbereit auf der Brücke, schaut sich noch einmal nach Rettung um.

Ich sehe ihn dastehen, jeden Muskel gespannt, zusammengerafft bis zur Erstarrung, konzentriert auf den einen Punkt, auf die Karte, auf die er alles gesetzt hat. Was er sagen will und was er nicht sagen will, ist unzählige Male durch sein Hirn gegangen, gefiltert, korrigiert, festgeklopft, so fest, daß er Russells Angebot, Deutsch zu sprechen, wahrscheinlich gar nicht gehört hat. Er will seine Sache zu Ende bringen, die Entscheidung, so oder so. Sich selbst, sein aus allen Zusammenhängen gelöstes Ich, setzt er als Pistole dem ahnungslosen Russell auf die Brust: Tod oder Leben. Aber Russell ist nicht so leicht zu treffen. In vollkommener Höflichkeit, ohne das geringste Zeichen des Befremdens, läßt er den ungebetenen Gast ausreden, hat es allerdings eilig. In Kürze beginnt seine Vorlesung. Man wird später reden.

Wittgenstein verschwindet, taucht in der Vorlesung wieder auf, erhitzt die Atmosphäre durch bohrende Fragen, heftet sich danach an Russells Fersen, verfolgt ihn argumentierend in seine Wohnung. »Obstinate and perverse, but not stupid«, schreibt Russell, teils interessiert, teils genervt.

»Russell hat mir das Leben gerettet«, sagt Wittgenstein.

Somebody has been looking for you, sagt die Bedienerin. Oh really, murmelt Elisabeth Götte, ohne sie wirklich wahrzunehmen, weil sie gerade im Begriff ist, eine Parenthese über Otto Weininger einzufügen: weil man Wittgensteins Auftreten in Cambridge nicht verstehen kann, wenn man nichts von Otto Weininger weiß, der mit einem einzigen Buch und einem spektakulären Selbstmord die intellektuelle Jugend Österreichs und, am tiefsten und folgenreichsten, den unglücklichen Realschüler Ludwig Wittgenstein in einen gefährlichen Höhenrausch versetzte. Weiningers kategorischer Imperativ an den Mann, das Genie in sich zu entdecken und zu verwirklichen, Weiningers mit dem Leben bezahlte Alternative Genie oder Tod – das war die Konterbande, die Wittgenstein aus dem alten Wien in das alte Cambridge einschleppte, ungenießbar für seine englischen Freunde, Ursache für Fremdheit, Unverständnis und unzählige Mißverständnisse …

Während sie noch schreibt, spürt sie den Blick der Bedienerin im Rücken, und als sie aufschaut, bemerkt sie, daß das Lokal sich geleert hat und offenbar geschlossen werden soll. Sorry, I forgot the time, sagt sie und beeilt sich, den Betrag für zweimal tea und einen apple pie aus ihrem Geldbeutel zu klauben, und sie ist schon auf der Straße, auf dem Weg zum Bus, als ihr einfällt, daß die Person, die nach ihr gesucht hat, natürlich Jeremy war, der eines auffordernden Blickes bedurft hätte, um an ihren Tisch zu treten. Sie hat ihn versäumt, weil er ihr in den vergangenen Stunden entfallen war, so gründlich, daß sie ihn nun mühsam, Stück für Stück, aus dem Orkus ihrer Vergeßlichkeit herausziehen muß.

So bin ich! denkt sie mit einem plötzlichen Schauder, als hätte sich in ihrer grundsätzlich positiven Selbsteinschätzung ein Spalt aufgetan, über dessen Rand sie in eine bedrohliche Tiefe blickt. So bin ich: flüchtig, vergeßlich, untreu, ohne Dichte und Dauer, immer dem letzten Bild, dem letzten Interesse hinterher. Eine Person, die nichts trägt, nichts hält, zu nichts sich verpflichtet, nichts hinterläßt, nicht einmal ein Kind. Gewogen, gewogen, zu leicht befunden ...

Sie muß sich auf ein Mäuerchen neben der Straße setzen, um das Kreisen im Kopf zur Ruhe zu bringen. So ähnlich ist es ihr auf ihrer ersten und letzten Bergtour ergangen, als sie an einer schwierigen Stelle einen Blick in die Tiefe tat und keinen Schritt mehr weitergehen konnte, weder aufwärts noch abwärts. Der Bergführer hatte ihren Fuß ergreifen und von Tritt zu Tritt führen müssen, bis sie wieder auf dem festen Weg war. Hier ist es eine freundliche Passantin mit Flötenstimme, die sich über sie neigt: Don't you feel well? May I help you?

Langsam hebt sie den Kopf und bedankt sich mit einem Lächeln, so jung, so strahlend, daß die Dame betroffen zur Seite tritt: Excuse me! I thought ... Leichtfüßig eilt sie davon, als hätte es nie einen Abgrund gegeben oder sie sei darüber hinweggeschwebt, auf Flügeln ...

So haben Schüler sie vor Jahren in einer Abiturzeitung gezeichnet: als ätherisches Fabelwesen, halb Frau, halb Schmetterling, leicht bekleidet, mit zum Kuß gespitzten Lippen, darunter der Text: »Dr. Kaliope, genannt Göttin, staatlich geprüfte Muse für frustrierte Schüler und Midlife-crisis-geschädigte Kapitäne der Handelsmarine.« Ihr letzter Liebhaber, Frederik, der mit dem Midlife-crisis-geschädigten Kapitän gemeint war, hat sich darüber geärgert. Er könne sich nicht vorstellen, mit einer Muse verheiratet zu sein. Musen heiraten nicht, hat sie lachend erklärt und das Blatt über das breite französische Bett gehängt.

Vielleicht bin ich wirklich so etwas wie eine übriggebliebene Muse, denkt sie, als sie sicher im Bus sitzt. Jedenfalls ist von Ehemännern auf dem Parnaß nie die Rede gewesen. Lächelnd gleitet sie in den Halbschlaf, während sowohl Frederik als auch Jeremy sich in Luft auflösen.

Elisabeth Göttes Nachtgänge sind seltener geworden. Sie scheut die Heimkehr, wenn das Haus stockfinster und tot am Ende des Gartens hockt. Heute aber steht die Küchentür weit offen in die laue Nacht, die von einem hinter Dunst verborgenen Mond silbrig erleuchtet ist. Auf ihrem Weg durch den Garten zum Haus wird sie von einem zarten Schatten begleitet, der nun neben ihr die Hauswand entlanghuscht und stillsteht, als eine Stimme sie trifft. Sie denkt an Einbrecher, schleicht die letzten Schritte geräuschlos. Vorsichtig um den Türrahmen spähend, sieht sie Jeremy auf der Herdplatte hocken. Mit krummem Rücken und hochgestellten Knien spricht er ins Telefon wie zu sich selbst, in den vom eigenen Körper gebildeten Innenraum hinein.

Sie möchte sich unauffällig davonmachen, bleibt aber dann doch stehen, weil sie fürchtet, er könne sie beim Vorüberhuschen bemerken und sich belauscht fühlen. Da er sehr leise spricht, versteht sie nicht, was er sagt, hört nur die Stimme, die in langen Sequenzen dahinfließt, zwischendurch abbricht, um der anderen Stimme Raum zu geben. Offenbar erzählt er lustige Geschichten, über die er manchmal selbst lachen muß, in einem zärtlichen Ton, als wäre am anderen Ende der Leitung ein ängstliches Kind, das er in den Schlaf spricht. Auch sie, die gar nicht gemeint ist, spürt, wie die Gedanken in ihrem Kopf zur Ruhe kommen, gewiegt von der Stimme, die einen anderen Jeremy ahnen läßt, statt des nervösen Quenglers und Misanthropen ein scheues zärtliches Wesen, das nur in der Nacht herauskommt. Während sie noch überlegt, wie sie an der Tür vorbei und ins Bett kommen soll, verpaßt sie das Ende des Telefonats, und plötzlich steht er neben ihr. Sie stammelt Entschuldigungen, aber er läßt sie nicht ausreden.

I want to ask you something, flüstert er, drängt sie vom Haus weg zu der Bank auf der Terrasse, fängt gleich zu reden an, hastig, dringlich, als müsse er einen nie wiederkehrenden Augenblick nützen.

Seufzend setzt sie sich auf die feuchten Planken, sieht Bett und Schlaf entschwinden und ist schon mittendrin im Flüsterstrom, muß aufpassen, ergänzen, Zusammenhang herstellen, nicht fragen jedenfalls, auf keinen Fall lachen, obwohl die Telefonromanze, die er ihr anvertraut, bei Tage besehen allerhand Lächerliches enthielte.

Kein Kind ist am anderen Ende der Leitung, sondern eine Frau, die er nie gesehen hat, Sekretärin in einem Reisebüro. Bei einem Anruf vor Monaten ist er an ihre Stimme geraten und hängengeblieben. Täglich haben sie miteinander telefoniert. Als es im Büro schwierig wurde, hat sie ihm ihre Privatnummer gegeben. In langen Nachtgesprächen ist er immer tiefer in ihre Schlaflosigkeiten, Ängste und Träume eingedrungen, und irgendwann wurde ihm klar, daß er sie liebte.

Das lief schon eine ganze Weile, und was Jeremy betrifft, hätte es ewig so weiterlaufen können in Lust und Qual, aber natürlich wußte er, daß irgendwann ein Treffen fällig war und daß er, der Mann, es herbeiführen müsse. Wochenlang hat er darüber nachgedacht, sich Wörter und Sätze zurechtgelegt. Heute war sie ihm zuvorgekommen. Why don't we meet at the concert on Sunday night? hatte sie ganz locker gesagt, als hätte sie schon oft Verabredungen mit Männern getroffen, »dates with men« – wie er das ausspricht, klingt es wie Unzucht.

What's wrong with dates? sagt sie ärgerlich. Should she sit alone and wait for signals that never come?

Er legt den Finger auf den Mund und flüstert: You don't understand!

I understand very well, sagt sie, noch ärgerlicher. You are afraid that your telephoneangel could turn out to be a tart.

Sofort bereut sie, was sie gesagt hat. Sie hat das Wort »tart« im Bus aufgeschnappt und spricht es sozusagen auf Probe. Dabei weiß sie nicht genau, was es heißt, nicht Torte jedenfalls, eher eine bestimmte Sorte von Frauen, die sie sich süß und üppig vorstellt wie Sahnetorte, könnte aber auch

Nutte heißen, und in diesem Fall hätte sie es wirklich nicht sagen sollen.

Of course you should meet her, sagt sie rasch. That's the way to find out if you really love her.

I don't have to find out. I know! sagt er. But what about her?

Plötzlich ist sein Gesicht dicht vor ihr wie ein Buch, in dem sie lesen soll. Look at me! Could you love somebody like me?

Sie fährt zurück. Mit einemmal ist ihr alles zuviel, zu nah, zu offen. Zeig's deiner Sekretärin! möchte sie sagen. Ich bin fremd hier. Ich weiß nicht, wie man mit offenen Engländern umgeht. Aber das sagt sie natürlich nicht, weil sie selbst ein empfindsames Wesen ist, leicht zu rühren, wenn einer die richtige Stelle trifft.

Why shouldn't she love you? sagt sie mit ihrer sanftesten Muttertroststimme. You are a loveable person.

Aber es ist schon vorbei, das Visier herunter. In düsteres Schweigen gehüllt starrt er auf seine Füße.

Jetzt müßte man ihn bei den Schultern nehmen und schütteln, die Starre aus ihm herausschütteln, den anderen, verborgenen Jeremy herausschütteln. Die Sekretärin müßte das tun, nicht ich, denkt sie. Auf keinen Fall ich! Mit der Fingerspitze berührt sie seine Schulter: Come on, don't be childish! You know that I like you.

Keine Antwort. Zurückzucken der Schulter, die offenbar nicht berührt sein will. Hab ich das falsche Wort gebraucht?

Während das Schweigen sich auflädt, klopft sie diesbezügliche Wörter ab: like, love, be fond of, fall in love, make love ... Zieht auch die eigene Sprache zu Rate: gernhaben, mögen, liebhaben, sich verlieben, verliebt sein, lieben, ins Bett gehen, beischlafen ... Wörter, die von einem ungenauen Feld ausweichender, anrüchiger, verbotener Wörter umgeben sind. Kein Wunder, daß die Dichter auf die Natur zurückgreifen, wenn sie mit Worten der eigenen Natur nahekommen wollen: »Wasser weiß zu reden/ die Welle nimmt die Welle an der Hand/ im Weinberg schwillt die Traube, springt und fällt,/ so arglos tritt die Schnecke aus dem Haus/ ein Stein weiß einen anderen zu erweichen ...«

In der Schule hat sie manchmal ganze Stunden mit Lesen und Rezitieren von Gedichten verbracht. Viele weiß sie auswendig, auch Liebesgedichte. Wenn sie ein englisches Liebesgedicht wüßte, wäre dies der richtige Augenblick. Statt dessen erzählt sie von der Schule: wie unterschiedlich die Schüler auf Liebesgedichte reagieren, manche mit verlegenem Spott über den romantischen Umgang mit der natürlichsten Sache der Welt, manche mit Trauer um verlorene Worte, die nur noch in Gedichten herausdürfen. Weil die Liebe Zeit braucht, hat sie ihren Schülern gesagt, Zeit zum Warten, Sehnen, Träumen; Zeit, die auf der Jagd von Flirt zu Flirt übersprungen wird; Zeit, in der jeder, der liebt, ein Dichter sein kann.

For you, Jeremy, I would preach another sermon, sagt sie.

What kind of sermon for me?

Erleichtert nimmt sie wahr, daß das Mondlicht nun ganz verblaßt ist. In stumpfen Grau- und Schwarztönen dämmert der Garten vor sich hin, Jeremys Gesicht ist nur noch ein blasser Schimmer. Das macht es ihr leichter, von der Liebe zu reden, die von einer Stimme allein nicht leben kann, jedenfalls nicht auf die Dauer. Wenn die Sekretärin am anderen Ende der Leitung versucht, ein Treffen herbeizuführen, will sie Jeremy beibringen, daß zu der Stimme ein Mund gehört, ein Körper, eine lebendige Frau, die wahrscheinlich ganz anders ist als das Bild, das die Stimme in seinen Kopf projiziert hat, mit dem er nach Belieben umgehen kann – ergänzen, erhöhen, ausschmücken, bis es vollkommener ist, als die lebendige Frau jemals sein kann. Komm heraus aus den Bildern, will die Sekretärin sagen. Hier bin ich. Sieh mich an!

That's what she really means, sagt sie abschließend und findet sich komisch, weil sie von Liebe spricht wie über ein Lehrfach, das sie beherrscht, während doch unterhalb der gewohnten Lehrattitüde etwas ganz anderes abläuft: Erinnerungen an gescheiterte Affären, die gerade an dem Problem, über das sie soeben doziert, gescheitert sind, an der Schwierigkeit nämlich, die Liebe aus dem Bild in die Wirklichkeit zu transportieren, ohne sie zu beschädigen.

Du bist in niemanden auf der Welt verliebt außer in deine Schüler, hat ihr letzter Liebhaber einmal gesagt. Sie hat heftig widersprochen, aber in einer tieferen Schicht hat sie gespürt, daß etwas Wahres daran war. Nicht daß sie in ihrer Beziehung zu Schülern Grenzen überschritten oder auch nur berührt hätte. Verliebt, wenn man es wirklich so nennen will, war sie weniger in die leibhaftigen Schüler als in die Hoffnung, die sie in ihnen sah, und das war natürlich auch ein Bild, das nie in die Wirklichkeit überführt wurde, schon deshalb, weil die Schüler weggingen und neue kamen, neue Hoffnungen und neue Möglichkeiten, daß sie anders werden könnten als ihre Väter und Mütter, die man in Elternsprechstunden kennenlernte. Wirklich ein Wunder, daß diese ausgebrannten Typen imstande waren, solche Söhne und Töchter hervorzubringen, wie sie gerade jetzt im lauen Atem des nächtlichen Gartens vor ihr auftauchen, mit ihren frischen Lippen, den lebendigen Augen, den jungen, noch biegsamen Körpern. Ja, trotz der Hoffnung, die ihre Sicht verklärte, wäre es gelogen zu behaupten, daß die reale Schönheit für sie keine Rolle gespielt hätte. Erschrocken lenkt sie die streunenden Gedanken zurück und fügt sich in die Rolle der erfahrenen Frau, von der etwas erwartet wird: Worte gegen die Wortlosigkeit.

Ist »tenderness« der richtige Augenblick für die Zärtlichkeit der ersten Berührung? Sagt »affection« etwas über das Knistern winziger Impulse zwischen Haut und Haut? »Streicheln« hätte sie gern gesagt, aber es fällt ihr kein englisches Wort ein außer »stroke«, das ihr nicht passend erscheint, weil es auch Uhrenschlag, Pinselstrich, Schlaganfall heißt. Sicher gibt es Entsprechendes, aber eben nicht im kastrierten Sprachspiel der Pearls. Kein Wunder, wenn dieser späte Jüngling im Käfig ungeschriebener Regeln und unausgesprochener Worte verschmachtet. Verdammte Prüderie!

Ein Flämmchen teutonischer Wut züngelt hoch, eine gefährliche Lust, sich einmal nicht nice, nicht decent, nicht correct zu benehmen. Die freundliche Hetäre Lykänion, die Daphnis zur Hilfe kam, mußte sich nicht mit Worten herumplagen. Ihre Methode des learning by doing war erfolgreich, wenn auch nicht selbstlos. Aber wann wäre Liebe je selbstlos gewesen, außer in den Phantasien eines asketischen Träumers wie Ludwig Wittgenstein.

Von weitem spürt sie die Welle heranrollen, die ihr Verstand und Moral davonschwemmen wird. Sie kennt das: Von einem bestimmten Augenblick an ist Widerstand zwecklos. Durch den doppelten Stoff von Bluse und Hemd brennt die Hitze der anderen Haut, die plötzlich ganz nah ist, wie auch die Hände, seine und ihre, die dicht nebeneinander auf der Bank liegen, zwei blasse Flecken auf dem dunklen Holz. Nur wenige Millimeter müßte sie die ihre zur Seite bewegen und sie wäre da, wo die Welle sie hinhaben will – Gastrecht mißbraucht, Telefonromanze vernichtet. Aber das ist es nicht, was sie behindert, nicht Moral, Verantwortung, Fairness. Sondern ein vorweggenommener Blick auf das Frühstück am nächsten Morgen: unsägliche Peinlichkeiten, Erröten, Stammeln, Verstummen.

Sie fährt zurück, wie von der Tarantel gestochen, räuspert sich heftig, bringt eine rauhe häßliche Stimme heraus, an der die Welle sich bricht: Call her and say that you will meet her on Sunday night! Do it at once!

Ein paar Atemzüge wartet sie ab. Als Jeremy sich nicht rührt, springt sie auf, stößt sich schmerzhaft an der Bankecke, hinkt eilig davon und ist schon an der Tür, als sie sich noch einmal umdreht. Da sitzt er, schaut ihr nach, starr vor Entsetzen oder Verlangen – welches von beiden, wird sie nie erfahren, weil sie die Tür hinter sich schließt.

Sehr allein in ihrem Bett greift sie sich den Little Oxford und schlägt unter »stroke« nach, ob sich unter den Erläuterungen eine findet, die dem im Deutschen durch den Buchstaben l bewirkten Wechsel vom prosaischen Streichen zum zärtlichen Streicheln entspricht, findet aber nichts außer:

»Pass hand gently along hair, head etc.«, und muß plötzlich lachen, in immer neuen Stößen, unter Tränen, ins Kopfkissen hinein.

Auf der Fahrt nach Cambridge am nächsten Morgen hält sie einen kleinen Exkurs über Unterschiede im physischen Umgang mit anderen Menschen.

In den Mittelmeerländern sei das Küssen und Umarmen unter Freunden die Regel. Männer, die keineswegs schwul sind, sieht man Arm in Arm über die Piazza spazieren. In Deutschland gebe es immerhin die alte Sitte des Händeschüttelns, wobei ein kräftiger Druck als Kriterium der Vertrauenswürdigkeit gewertet werde. In gewissen Kreisen pflege man die neue Mode der Umarmungen und Wangenküsse. Die Jungen hätten sich angewöhnt, einander durch freundliches Anstoßen an Schulter, Oberarm, Hüfte zu begrüßen. Männer donnerten eine schwere Hand auf Freundesschultern. Knutschende Liebespaare im öffentlichen Raum seien längst zur Gewohnheit geworden.

Sie selbst, Elisabeth Götte, habe sich immer für einen zurückhaltenden Menschen gehalten. Erst bei den Pearls sei ihr aufgegangen, daß die totale Abstinenz von Berührung bei denen, die es anders gewohnt sind, eine Mangelsituation erzeuge, die unter Umständen, in unkontrollierten Augenblicken, zu Gesten der Annäherung führen könnten, hinter denen nichts weiter zu suchen sei als das Bedürfnis, sich zu vergewissern, daß man es nicht mit Zombies, sondern mit Menschen aus Fleisch und Blut zu tun habe.

Do you know what I mean? fragt sie mit einem schnellen Blick in Jeremys erfrorenes Gesicht und fährt heftiger fort: In your family you keep a security distance as if you were surrounded by infectuous diseases; no touching, no smelling …

Smelling? sagt er, Augenbrauen hoch, Mundwinkel herunter. In this family we take a bath once in a while …

Nachdem das Pensum berühmter Bauten und Räume erledigt ist, führt Jeremy sie in die Gärten, die zu dieser Spätsommerzeit noch einmal ihre ganze Pracht und Herrlichkeit entfalten. Wie ein altes Ehepaar sitzen sie auf Bänken, schauen den flachen Booten nach, die von Stangen gestoßen im stillen Wasser vorübergleiten, wandeln zwischen samtenen Rasenflächen, an blühenden Beeten und Bosketten entlang. Während Jeremy Vorträge über die Kunst der Gärtner hält, spürt sie die Erinnerung näher kommen, die von Anfang an diesen Aufenthalt begleitet hat wie ein vergessener Traum – ungreifbar gegenwärtig in bestimmten Durchblicken, Konstellationen, Lichtverhältnissen, Düften, Stimmen, ein Gefühl von »Das war schon mal da, genauso hab ich das einmal gesehen, gefühlt, erlebt«.

Als Jeremy einen Gärtner anspricht, um sich Anregungen für die Umgestaltung des Pearlschen Gartens zu holen – ein Geschenk für seinen Vater, der in diesem Herbst seinen 85. feiert –, bleibt sie zurück, bis sie nur noch die Stimme hört, den freudigen Klang, mit dem er einzelne Worte ausspricht: birch trees – a bench – I think he would like to sit there ...

Ganz sachte hebt sich der Vorhang, und die Erinnerung ist da, komplett mit Farben, Duft, Stimmen, Gestalten. Durch einen über Hügel gebreiteten, von Fichtendunkel begrenzten Park mit verstreuten Baumgruppen bewegen sich drei Figuren unter einer niemals sinkenden Feriensonne. In der Mitte eine große weißhäutige Frau namens Miss Eastwood mit kastanienfarbener Lockenfrisur. Nachhängend an ihrer Linken ein kleines Mädchen in weißem Kleid, Knöpfstiefelchen, Sonnenhütchen: Little Lucy. Zur Rechten, aber nicht an der Hand, mager, mit aufgelösten Zöpfen und schorfigen Knien, hüpft Elisabeth Götte, zu Hause Lieschen, hier Betty genannt, zur Gesellschaft von Little Lucy ins gräfliche Schloß geladen, das als Mittelalterimitation im Hintergrund ragt.

Nachts schluchzt sie vor Heimweh in die Kissen. Am Tag gibt sie sich aufsässig, stiftet Little Lucy zu Streichen an und wird deswegen nie wieder eingeladen werden. Bei Spaziergängen sekkiert sie Miss Eastwood mit Fragen, die diese mit sanftem Kopfschütteln zurückweist, weil ihr von der Herrschaft verboten ist, Deutsch zu sprechen. Say it in English! Wenn Betty mit ihr reden will, und das will sie, weil sie Miss Eastwood liebt, muß sie schnell Englisch lernen. Miss Eastwood hilft ihr dabei. Mit ihrer großen weißen Hand zeigt sie auf Bäume, Vögel, Blumen und sagt mit ihrer unendlich wohllautenden Stimme, wie sie in ihrer Sprache heißen: a birch tree, a rosebush, a cuckoo. Sie stellt Fragen und Betty antwortet, wie man eine begonnene Melodie weitersingt. Where is the ball? – It is in the grass, behind the fir tree, on the roof of happy home. – What do you see in the sky? – Clouds, sagt Betty, may be a sunderstorm. – Don't say »sunderstorm«, it hurts in my ears, sagt Miss Eastwood, say thunderstorm with th, like a soft wind between tongue and teeth. – Thunderstorm, sagt Betty, und Miss Eastwood lächelt sie an: Yes, that's good, that's perfect. You have a musicians' ear. Betty würde Miss Eastwood gern einen Kuß geben, aber immer ist eine duftende Kühle dazwischen, die Nähe verbietet.

Abends, beim Vorlesen aus »Winnie-the-Pooh«, fährt Miss Eastwood mit ihrem tadellos manikürten Zeigefingernagel die kleinen Zeichnungen nach: Pooh-Bear under the bee tree; Eeyore without his tail; traces of Pooh and Piglet in the snow. Wenn sie morgens ins Freie treten, hat sich der Park in Pooh-Bear's 100-acre-wood verwandelt, in dem Miss Eastwood als Eeyore, Owl, Kanga auftritt, Betty als Rabbit, Little Lucy als Piglet, und alle die gezeichneten Orte leibhaftig vorkommen: Pooh's trap for Heffalumps, Sandy pit where Pooh plays, Eeyore's Gloomy Place ...

Damals, darin ist sie sich völlig sicher, hat Betty fließend Englisch gesprochen, ohne nach Worten suchen zu müssen. Was sie miteinander sprachen, bestand nicht aus Worten, sondern aus Spielen, die zusammen mit Sonnenlicht, Ferien und zärtlichen Gefühlen ein Ganzes bildeten und als ein Ganzes abgesunken sind, als die Ferien vorbei waren. Beim Englischunterricht in der Oberschule hat sie nichts davon verwenden können. Lesestückchen und Grammatikübungen eröffneten öde Reihenhausstraßen, in denen Väter morgens zur Arbeit gingen und Mütter Einkäufe machten: butter, milk, marmelade, bread. What is your name? How old are you? Where do you live? Is that your father's car? Die Lehrerin, die solche Worte an die Tafel schrieb, hatte kurze stumpfe Finger, die immer mit Kreide bestäubt waren, und eine Blechstimme, mit der sie die Schüler anwies, das th wie v auszusprechen: vis und vat statt tis and tat; vunderstorm statt thunderstorm. Kein sanfter Wind zwischen tongue und teeth, kein Spiel, kein Spaß, keine Liebe dabei. Nur einmal, als eine junge Vertretung englische Gedichte vorlas, sind ein paar Zeilen dorthin gefallen, wo Miss Eastwoods Stimme versunken war:

Shed no tear – o shed no tear.
The flower will bloom another year.
Weep no more – o weep no more.
Young buds sleep in the root's white core.

Sie spricht sie dem zurückkehrenden Jeremy vor und fragt, wer das wohl gedichtet habe, aber er hat keine Ahnung: Sorry, I'm not so good in poetry...

Elisabeth Götte hat einen neuen Lieblingsort entdeckt: Kettle's Yard, ein ländliches Haus in verblaßtem Klinkerrot, das aus vielen kleinen, weißgerahmten Scheiben ins Grüne blickt. Es liegt jenseits des Flusses auf einer kaum merklichen Erhebung, die Castle Hill heißt, und besteht eigentlich aus zwei Häusern, die der ehemalige Besitzer durch einen Zwischentrakt verbunden hat.

Dieser Mr. H. S. Ede, ehemaliger Angestellter des berühmten Auktionshauses Sotheby's, hat in den Räumen alles an Kunstwerken und schönen Dingen versammelt, was ihm im Lauf seines Lebens ans Herz gewachsen war. Obwohl Kettle's

Yard inzwischen der Universität gehört und mit Hilfe von Ausstellungen und Kammerkonzerten mühselig über Wasser gehalten wird, hat es das Ambiente privaten Wohnens bewahrt. Maßvoll und schlicht, wie das Haus und die Räume, wirkt die Anordnung der Dinge im sanften Licht, das vom Garten hineinfällt. Die Kunstwerke stammen alle aus dem 20. Jahrhundert, enthalten aber nichts von dem Horror, den dieses Jahrhundert über die Menschen gebracht hat. Der Mann, der hier wohnte, wollte sich und seine Freunde mit Kunst erfreuen, nicht von ihr gereizt, bedrängt, geängstigt werden. Eine epikureische Vorstellung von Glück als Gleichmaß der Seele teilt sich mit. Fern von Geschäft und Politik, von Kriegslärm und Elend, erzählen diese Räume von den feineren Entzückungen des Geistes: das Gespräch mit Freunden, das Anhören von Musik, das Betrachten von Kunst, das Philosophieren. Wer hier eintritt, spürt den Wunsch, sich niederzulassen, zu bleiben, sich heimisch zu fühlen, und so soll es auch sein nach dem Willen von Mr. Ede. Teppiche sind zum Betreten da, Stühle und Sessel zum Sitzen, Bücher zum Lesen, Dinge zum Berühren, allerdings mit Behutsamkeit, ohne etwas zu verändern. Darüber wachen zwei ältere Damen, denen man das Bewachen nicht anmerkt, so unauffällig bewegen sie sich durch die Räume, nicht wie Angestellte, sondern wie freundliche Gastgeberinnen, die den Wünschen der Gäste zur Verfügung stehen, ohne sie zu bedrängen.

Elisabeth Götte, die in letzter Zeit fast täglich kommt und manchmal stundenlang in den edelgebundenen Lyrikbänden herumliest, fühlt sich von ihnen besonders freundlich begrüßt. Anfangs hat sie sich alles zeigen und erklären lassen, nun kennt sie sich aus und hat einen Lieblingsplatz in dem lichtdurchfluteten Erker gefunden. Lesend, in den Garten hinausschauend, verbringt sie dort Stunden stillen Genießens, blickt zwischendurch über den Buchrand zu den Damen hinüber, um ein Lächeln zu ernten und sich noch mehr zu Hause zu fühlen. Spinsters, denkt sie und sieht dabei Bilder liebenswürdiger Versponnenheit, zwischen Gräsern schwebende Marienfäden im Altweibersommer, sinkendes Licht, welkende Blätter, ein Hauch von Abschiedswehmut, gerade soviel, um sich mit einem Lächeln darüber zu trösten.

Während die Zeilen unter ihrem Blick verschwimmen, stellt sie sich vor, daß eine der Damen sie ansprechen und mit allen Finessen britischer Höflichkeit befragen würde, ob sie nicht Lust hätte, die eine oder andere gelegentlich zu vertreten. You seem to like the house and the house likes you. Mr. Ede would be delighted ... Beim Ausgang zögert sie, um ihnen Gelegenheit zu einem kleinen Gespräch zu geben, aber dazu kommt es nie. Jedenfalls, denkt sie, während sie die Tür ins Schloß zieht, jedenfalls wäre es angenehmer, in England eine spinster zu sein als eine alte Jungfer in Deutschland ...

Eines Abends – Mrs. Pearl hat grade die sweets aus Deutschland herumgereicht und wieder einmal bemerkt, wie delicious sie sind –, eines Abends am Kamin bemerkt Elisabeth Götte, daß sie sich nicht mehr langweilt. Die quälenden Spitzen sind abgeschliffen und eingeschmolzen im Gewohnheitsfluß. Die Stille zwischen den Hecken, wenn sie abends zurückkehrt, kommt ihr nicht mehr öde vor, weil sie ja weiß, daß Familien wie die Pearls um diese Stunde vor ihren Kaminen versammelt sind und diese bestimmte Art von Gespräch führen, das sich wie ein Kokon aus vertrauten Stimmen und Redeweisen um sie herumspinnt. In diesem Polster sind sie sicher vor den Härten und Schärfen des Tages. Keiner stellt peinliche Fragen. Es wird nicht nach Gründen und Hintergründen gebohrt, nicht zur Rede gestellt, nicht auf den Zahn gefühlt, nicht aufs Korn genommen. Niemand muß Farbe bekennen, Partei ergreifen, Urteile fällen, Entscheidungen treffen. Kein Entweder-Oder, kein Jetzt oder Nie, kein Alles oder nichts. Und so werden sie Abend für Abend sitzen, mit oder ohne Feuer im Kamin, mit oder ohne Elisabeth Götte, und wenn ein Sturm das Dach abhebt, die Erde unter ihren Füßen schwankt, wird Mrs. Pearl sagen: Seems to be a nasty weather outside. Would you be so kind as to close the windows upstairs, Jeremy please …

Nein, sie kriegt keine unruhigen Beine mehr. Sie versucht nicht mehr, Diskussionen in Gang zu bringen. Sie rennt nicht mehr vor die Tür, weil sie sich einbildet, keine Luft zu kriegen, sie verzehrt sich nicht mehr nach Kino, Theater, Café. Sondern sitzt ganz locker im ersten Sessel links vom Kamin, also genau auf dem Platz, der in Mrs. Pearls Regelsystem für sie vorgesehen ist, plaudert über alte Zeiten im College, über das Wetter, den Garten, über die Herstellung von Marmelade und den ersten Preis, den Mrs. Pearl für ihren Obstlikör gewonnen hat. Mit Vergnügen bemerkt sie, wie sich ihre Stimme zwischen die anderen schmiegt und im Gewebe verschwindet. Sie ist angekommen.

Eines Morgens erwacht Elisabeth Götte mit dem Gefühl, daß etwas anders ist oder wird. Ein uralter Lederkoffer mit abenteuerlichen Aufklebern wird in den Volvo geladen. Sie erfährt, daß der Professor für eine Woche nach Oxford geht, um an einem Symposion teilzunehmen. Als er schon am Steuer sitzt, bringt Mrs. Pearl einen schwarzen breitkrempigen Hut. Ohne zu winken schaut sie ihm nach, bis der Wagen hinter der Biegung verschwindet, dann kehrt sie eilig zum Haus zurück und geht ohne Aufenthalt nach oben.

Noch nie hat Elisabeth Götte sie eilig gesehen. Sie spürt eine gesteigerte Aktivität, als hätte der Haushalt einen anderen Gang eingelegt. Es wird öfter telefoniert und schneller, leiser hinter geschlossenen Türen geredet. Bis spät in die Nacht schleifen Schritte im oberen Stock, etwas wird ausgeschüttet, Gegenstände geschoben. Vor der Küchentür stapeln sich alte Kartons. Ein Lastwagen lädt einen Haufen Steinplatten im Hof ab, die für einen neuen Gartenweg bestimmt sind, aber vorläufig so, wie sie hingeschüttet sind, liegenbleiben, so daß man im Dunkeln aufpassen muß, nicht darüber zu stolpern.

Eine andere Veränderung vollzieht sich so allmählich, daß sie, die den größten Teil des Tages unterwegs ist, zunächst nur bemerkt, daß die Abendmahlzeit nicht mehr am Tisch eingenommen wird, sondern von kleinen Tabletts, die die Restfamilie, in den Sesseln der Kaminrunde versunken, auf den Knien balanciert. Der Grund ist bei näherem Zusehen leicht auszumachen: Der Eßtisch ist nicht mehr mit Zeitschriften, sondern mit Bücherstößen beladen, die vor jeder Mahlzeit abzuräumen zu beschwerlich wäre, abgesehen davon, daß es nirgendwo einen Platz dafür gibt. Allmählich wird ihr klar, daß seit des Professors Abreise eine unheimliche Büchervermehrung stattfindet. Da sie nie wahrgenommen hat, daß jemand Bücher ins Haus schleppte, kommt es ihr vor, als seien sie aus dem Fußboden hervorgewachsen als eine besonders aggressive Sorte Holzschwamm mit der Tendenz, die wenigen verbliebenen Freiräume rasch und unauffällig auszufüllen: die Lücken zwischen den ohnehin überladenen Regalen, die äußeren Ränder der Treppenstufen, den Luftraum zwischen dem oberen Abschluß von Truhen, Kommoden, Schränken, Klavier und der niedrigen Zimmerdecke. Unbenutzte Räume wie Werkzeugkammer und den als Garderobe gedachten Vorraum zur Straßenseite besetzen sie kistenweise. Um die Badewanne zu besteigen, muß man ein quer darübergelegtes, mit Büchern beladenes Brett wegnehmen. Die kleinen Fenster von Klo und Bad können nicht geöffnet werden, weil sie mit Stößen alter Zeitschriften blockiert sind.

Auch in ihre Schlafkammer sind die Bücher eingedrungen. Bände alter Nachschlagewerke stapeln sich auf dem Boden des Kleiderschranks. An der Wand hinter der Tür lehnen Mappen mit Bildtafeln von Insekten, die in ihren Träumen über die Bettdecke kriechen. In der Mittelkuhle zusammengerollt stellt sie sich vor, daß es nicht die schadhaften Wände, sondern die Türme und Mauern der Bücher sind, die dieses Haus aufrecht und das Dach oben halten – eine Funktion, die sie noch besser wahrnehmen könnten, wenn sie das ganze Haus von oben bis unten ausfüllen würden. Dann allerdings könnte es nicht mehr bewohnt werden, außer von immateriellen Geistern.

Einmal, abends, klingelt das Telefon in der Küche. Mrs. Pearl nimmt ab und erscheint kurz darauf mit dem Hörer in der Tür: It's for you, Elizabeth. From Germany.

Sie steht zögernd auf, nimmt den Hörer und zieht sich in die hinterste Ecke der Küche zurück. Hallo, wer spricht? sagt sie, und noch einmal lauter: Hallo, wer spricht?, wobei sie den Hörer langsam vom Ohr entfernt, immer weiter weg, bis der

Arm gestreckt ist und nur noch ein Zirpen ihr Ohr erreicht. Ich verstehe kein Wort, ruft sie. Der Apparat ist gestört. Sie legt den Finger auf die Gabel und drückt sachte nieder.

Als es wieder klingelt, Mrs. Pearl wieder abhebt, hört sie von nebenan ihre Stimme: Sorry, she's just gone to bed ...

Später am Abend beschreibt sie, auf das unbequemste am Boden ihrer Schlafkammer kniend oder hockend, eine Reihe weißer Blätter mit Texten, die wie Briefe mit Anrede in deutlicher Lehrerschrift beginnen und sich allmählich in wellenförmige Linien verflüchtigen, die mit einem letzten zittrigen Schnörkel ins Leere greifen. Dann beginnt sie ein neues Blatt, und um sie herum wächst ein Kreis abgelegter Blätter, während ihre Glieder steif und die Füße zu Eisklumpen werden.

Liebe Freunde, schreibt sie. Ich muß mich bei Euch entschuldigen wegen des Telefonats heute abend. Ich habe gelogen. Es gab keine Störung in der Leitung. Ich selbst war die Störung, mein Schweigen, mein Auflegen. Ich habe alles gehört, auch die Stimmen im Hintergrund und die Musik – spanische Gitarre ...

Ihr wart bei Pepe, nicht wahr? Die ganze Donnerstagsrunde gedrängt um das Telefon, das neben dem Tresen an der Wand hängt. Der Hörer wanderte von Hand zu Hand: Wo bist du? Was treibst du? Warum hast du nicht Bescheid gesagt? Wieso England? Hättest du nicht in ein wärmeres Land fahren können, Marokko, Teneriffa? Du frierst doch so leicht! Glaubst du, daß es in England besser ist als bei uns? Übrigens, Daniel ist zurückgekommen.

Das sollte ein Trost sein. Glaubt Ihr wirklich, daß ich abgereist wäre ohne zu wissen, daß er lebt? Ich habe ihn gesehen, als sein Vater ihn von der Polizei abholte, nur einen Augenblick zwischen dem Ausgang der Behörde und dem geparkten Wagen. Ich wollte ihn bitten, mich zu besuchen, aber der Vater schob ihn ins Auto, und er ließ sich schieben wie eine Puppe, starr, erloschen, ohne ein Zeichen des Erkennens. Sie werden ihn auf ein Internat schicken. Wird er es schaffen? Vielleicht besser als vorher, weil das, was ihn weich gemacht hat, zerstört ist: Vertrauen, Zärtlichkeit. In unserer Welt kommt man besser zurecht, wenn man solche Schwächen nicht hat...

Ja. Er hat diese Briefe an Philipp Senger geschrieben, schreibt sie. Ja, es waren Liebesbriefe, schüchterne, zärtliche, keineswegs obszöne, eher kitschige Liebesbriefe. Mit der Drohung, diese Briefe seinem Vater und dem Direktor auszuliefern, hat die Klasse ihn zu ihrem Sklaven gemacht, wochenlang, während ich mit ihnen »Andorra« von Max Frisch probte, Philipp Senger in der Hauptrolle...

Es war keine gute Idee, mich hier anzurufen, schreibt sie. Der Direktor ist der einzige, der meine Adresse weiß, aber ich hatte ihn nicht ermächtigt, sie weiterzugeben. Hat er Euch nicht gesagt, daß ich eine Weile nichts hören will von dieser Schule, diesem Land, dieser Sprache? Es ging mir besser. Ich fing grade an, in der anderen Sprache gehen zu lernen. Mit Euren Stimmen kam alles zurück, von Anfang an. Der böse Ton in Dr. Filders Stimme, als er mich auf dem Gang aufhielt: Wissen Sie eigentlich, was mit Ihrer 10b los ist?

Ich wollte es nicht wissen! Ich hatte es eilig. Die Generalprobe hatte schon angefangen. Am Abend sollte die Aufführung sein. Als ich den Gang hinunterlief, spürte ich seinen Blick im Rücken wie Ausgespucktes. Seitdem bin ich auf der Flucht. Könnt Ihr das nicht respektieren?

Ihr habt es gewußt, nicht wahr? Alle wußten es. Nur ich nicht. Einmal hat Sylvia versucht, mich zu warnen: Vorsicht mit Philipp Senger! Er ist ein Blender, genau wie sein Vater, ein Brutalo mit Engelsgesicht.

Aber das wußte ich. Er war ja der King der Klasse. Alle waren in ihn verliebt. Sein Einfluß hat diese 10b zum Horror für die Lehrer gemacht. Als der letzte das Handtuch warf, mußte ich einspringen: Elisabeth Götte, Spezialistin für schwierige Fälle. Das Theaterspielen war eine Art Köder...

Ja, ich habe Philipp Senger den Andri spielen lassen, einmal, weil er natürlich die Hauptrolle haben wollte, zum anderen, weil ich hoffte, er würde beim Spielen erfahren, wie es ist, einmal nicht in der Mitte, sondern am Rande zu sein, ausgestoßen von einer Mehrheit, Opfer eines fatalen Mechanismus aus Feigheit, Trägheit, Opportunismus, Angst, Brutalität. Wenn ich ihn gewinne, habe ich alle gewonnen, dachte ich. Vielleicht hätte ich auch den Umkehrschluß denken sollen: Wenn ich ihn verliere, habe ich alle verloren, einschließlich meines Kinderglaubens, daß Literatur irgend etwas bewirken könne.

Die Schüler hatten das Stück selbst aus verschiedenen Vorschlägen herausgesucht, schreibt sie. Ich war nicht einmal begeistert, weil es bereits unzählige Schulaufführungen hinter sich hat: Ein Lehrstück mit deutlichem Bezug zur deutschen Vergangenheit. Es war ihre Wahl.

Ich hatte mich auf eine mühsame Arbeit eingestellt, und das war es am Anfang auch, aber dann ging es ganz leicht. Von Probe zu Probe wurden sie besser, besonders Philipp Senger.

Ihr hättet ihn hören sollen, seine Stimme, heiser vor Zärtlichkeit: »Ich lieb dein Haar, dein rotes Haar, dein leichtes, warmes, bitteres Haar, Barblin ...« Wie er sich unter dem ständigen Vorwurf, anders zu sein als die anderen, allmählich veränderte, nicht nur in Stimme und Rede, sondern mit dem ganzen Körper: Mienen, Gesten, Haltungen, Bewegungen. Vom stolzen, verliebten Jungen zum Schandfleck und Sündenbock – gezeichnet, verstoßen, ausgetilgt ...

Ich hatte das Gefühl, einem großen Talent zum Durchbruch verholfen zu haben. Könnt Ihr Euch vorstellen, wie glücklich ich war?

Wenn ich nicht so hoch oben gewesen wäre, hätte ich nicht so tief fallen können, als der Kollege mich nach der Generalprobe abfing: Nun will ich Ihnen mal sagen, was mit Ihrer 10b los ist!

Die Aufführung war ein großer Erfolg, schreibt sie. Bis zur Pause war ich dabei, dann mußte ich gehen, weil mir schlecht wurde ... Wenn sie unkonzentriert, hölzern, befangen gespielt hätten. Wenn sie Einsätze verpaßt, im Text sich verheddert hätten. Aber nein! Sie haben ihre Sache großartig gemacht. Das Publikum war gerührt. Zarte Seelen haben Tränen vergossen. Es soll fünfzehn Vorhänge gegeben haben, die meisten für Philipp Senger.

Um diese Stunde war die Polizei bereits unterwegs, um den verschwundenen Daniel zu suchen, und Philipp Senger hat es gewußt, als er sich, berauscht vom Beifall, so tief verbeugte, daß seine blonden Locken den Boden fegten ...

Schauspieler sind eben so, hat der Direktor gesagt. Sie spielen Rollen, die das Publikum ergreifen, und bleiben doch bei sich selbst. Aber sie waren ja keine Schauspieler, sondern Kinder. Mit ihrem Körper, ihrer Stimme, ihrem Atem haben sie das Stück lebendig gemacht. Und während sie das taten, zur gleichen Zeit, als die Proben liefen, an den Abenden und in den Nächten danach, haben sie den gleichen infamen Mechanismus bedient, der den Andri zum Opfer macht. Als hätten sie die Botschaft des Stücks nicht verstanden. Aber das stimmt nicht. Sie haben sie wohl verstanden, aber gefühlt haben sie sie nicht. Kein Wort von Max Frisch ist dorthin gedrungen, wo Gefühle, Gewissen, Haltungen, Handlungen sich bilden. Weil Kunst und Leben, Ethik und Ästhetik für sie nichts miteinander zu tun haben. Weil es in diesen Kindern verschiedene, voneinander getrennte Personen gibt, die abwechselnd gelebt werden, ohne daß die eine von der anderen weiß. Da gibt es keine Zweifel, keine Konflikte. Man kann das als Schizophrenie verstehen, aber auch als ein fabelhaftes Talent, das ungeheure Möglichkeiten öffnet, zum Beispiel tagsüber Menschen ins Gas schicken und abends Mozart spielen ...

Verzeiht! Solche Vergleiche darf man nicht ziehen, nicht einmal in Gedanken. Vielleicht hat Sylvia recht, wenn sie den Vater verantwortlich macht. Ich nehme das Gas zurück, aber den Ekel kann ich nicht zurücknehmen. Er ist in mir. Ganz allmählich, wie der Inhalt einer langsam gedrückten Spritze ist er eingedrungen, als ich losgelöst aus allen Beziehungen, ohne Arbeit und Pflicht, ohne Zeitgerüst und Orientierung, ohne Hoffnung und Träume durch den deutschen Sprachraum irrte – ein nacktes ungeschütztes Ohr, das alles, alles hören mußte …

Deutsch unterrichten, Literatur – kann es etwas Sinnloseres geben?

Wißt Ihr, was Philipp Senger gesagt haben soll, als sein Vater ihn fragte, ob er ihm seinen kleinen Freund für eine Yachtparty ausleihen würde? Tut mit ihm, was ihr wollt, hat er gesagt. Der macht keine Schwierigkeiten. Der liebt mich.

Während sie diese Sätze schreibt, muß sie immer heftiger schlucken, und schließlich wirft sie den Schreiber weg, stakst auf steifen Beinen zum Klo, spuckt in die Schüssel, was der Magen hochtreibt, und jedesmal, wenn ein Schwall heraus ist, spuckt sie Worte hinterher: Raus damit … alles raus … weg … Schluß … aus … Ende …

Danach wankt sie entkräftet ins Bett und schläft traumlos, bis Mrs. Pearl gegen zehn an das offene Fenster klopft: Good morning, dear. Breakfast is ready. A nice hot cup of tea will make you feel better.

In diesem Augenblick liebt sie Mrs. Pearl so unbändig, daß sie am liebsten zum Fenster hinausspringen und sie umarmen würde. Später, beim Frühstück, das sie allein einnimmt, weil alle außer Mrs. Pearl schon unterwegs sind, muß sie einfach sagen: Thank you for last night. You did me a big favour.

Oh really? sagt Mrs. Pearl.

I mean the second phonecall when you said: She's just gone to bed.

But you did go to bed, didn't you?

I love you, sagt Elisabeth Götte.

Thank you, sagt Mrs. Pearl.

Eine neue Leidenschaft treibt Jeremy um. Wenn er nach Cambridge fährt, besucht er nicht mehr Computerläden, sondern naturwissenschaftliche Institute, in denen er sich Bücher und Statistiken über die Wetterlagen vergangener Jahre besorgt. Über dem Schuppendach weht eine Art Fähnchen, bestehend aus dem unteren Teil eines Damenstrumpfes, das an der Spitze einer Bohnenstange befestigt ist. Meist hängt es schlapp herunter. Wenn ein Wind kommt, füllt es sich und zeigt mehr oder weniger heftig flatternd die Windrichtung an.

Jeremy benutzt seine täglichen Aufzeichnungen über das Wetter, um im Vergleich mit der Statistik zu beweisen, daß die von Umweltschützern prophezeite Klimaänderung nichts weiter ist als ideologisches Geschwätz mit dem Ziel, den Fortschritt von Wissenschaft und Technik zu bremsen, dadurch das herrschende System zu unterminieren und schließlich zu stürzen.

Auf dieser Linie laufen nun ihre Streitigkeiten, wenn sie, seltener als früher, miteinander nach Cambridge fahren. Jeremy belegt an Hand der Statistiken, die er offenbar im Kopf hat, daß es das alles schon einmal gegeben hat, da und da, dann und dann: Hitze- und Kälteperioden, Trockenheiten, Überschwemmungen, Sturmfluten, Erdrutsche, Wirbelstürme, Vulkanausbrüche, Erdbeben. Sein Glaube an die Statistik ist unbegrenzt. Elisabeth Göttes Einwände übergeht er mit überlegenem Lächeln. Er ist überzeugt, daß die Wissenschaft über kurz oder lang die Capricen der sogenannten Natur unter Kontrolle haben wird. Bis dahin soll sie (und ihre selbsternannten Schützer, die wahrscheinlich samt und sonders verkappte Kommunisten sind) gefälligst stillhalten.

In geheimnisvollen Andeutungen läßt er durchblicken, daß er mit einer großen Arbeit beschäftigt ist, in der alle seine Beobachtungen, Vergleiche, Erkenntnisse in überzeugender Form zusammengefaßt sind. Er möchte sie den Experten vorlegen und hofft auf Veröffentlichung in einer wissenschaftlichen Zeitschrift von Rang, möglichst in einer, die sein Vater abonniert hat. Er könnte sie lesen, den Namen seines Sohnes entdecken …

Wenn seine Rede diese Hoffnung berührt, erglüht sein Gesicht und seine Lippen zittern vor Anstrengung, die großen Gefühle in möglichst unauffälligen Worten unterzubringen.

Mit diesen Gefühlen hat er seine dragonflies gemalt und sich in das Computerwesen eingearbeitet, unermüdlich, besessen.

Sie muß sich abwenden, um ihre Traurigkeit zu verbergen.

An einem trüben Nachmittag verpaßt sie den Bus. Als sie Jeremy zufällig auf der Straße trifft, fragt sie ihn, ob sie mit ihm nach Hause fahren könne. Yes, of course, murmelt er weitereilend, und weil sie keine Lust hat, noch einmal in den Tearoom zu gehen, läuft sie hinter ihm her. Erst auf der Treppe fällt ihr ein, daß er diesmal vielleicht allein sein will.

I can wait outside, ruft sie ihm nach. Er fährt herum, starrt sie an, als hätte er vergessen, daß es sie gibt. Schicksalsergeben hebt er die Schulter: It's all right. Come on!

Und dann gehen sie wieder durch Torgänge und Höfe, steigen die schmale Treppe hinauf und betreten den schönen Raum, dessen Anblick sie beim ersten Mal in eine träumerische Glücksstimmung versetzt hat. Aber heute ist alles anders, der Raum leer, ausgeräumt, kleiner, schäbiger, als sie ihn in Erinnerung hat, der Fußboden abgewetzt, die Wände fleckig, durchlöchert von den Schrauben, mit denen die Bücherregale befestigt waren. Eine nackte Glühbirne, die von der Decke herabhängt, verbreitet Trostlosigkeit.

Wie damals zieht sie sich in eine der Fensternischen zurück und schaut zu, wie Jeremy aus der mitgebrachten Plastiktüte Zange und Schraubenzieher auspackt und sich daranmacht, steckengebliebene Nägel und Schrauben herauszuziehen und in die Plastiktüte zu versenken. Dabei arbeitet er nicht schlampig wie üblich, sondern peinlich genau mit einer Besessenheit, die ihr unheimlich ist. Als ein Nagel auf den Boden fällt und in einer Dielenspalte verschwindet, tritt sie zu ihm und hält die Tüte auf, um Nägel und Schrauben aufzufangen.

Langsam arbeiten sie die Wände entlang in einem Schweigen, das immer schwerer wird von Gefühlen, die nirgends herauskönnen außer im brutalen Zubeißen der Zangenbacken. Mit verstohlenen Seitenblicken versucht sie in seinem Gesicht zu lesen, aber es ist ganz verschlossen, nach innen gekehrt, nur manchmal muß er den Mund öffnen, um den gestauten Atem herauszulassen. Was er da tut, muß für ihn eine Bedeutung haben, die sie nicht versteht; es ist, als folge er einem Ritus, der ihn zwingt, Reste und Spuren seines Vaters beiseite zu schaffen, wie in archaischen Kulturen Fingernägel, ausgefallene Haare und Zähne beiseite geschafft werden, damit der Feind sie nicht zu tödlichen Zaubereien verwenden kann. Aber wer sollte hier der Feind sein?

Der empörte Ausruf in der Telefonzelle fällt ihr ein: They can't do that to him! Wer ist »they«? Kommt der Verlust der Wohnung einer Ausstoßung gleich? Glauben »sie« nicht mehr an seine Arbeit? Gibt es diese Arbeit überhaupt? Oder ist sie ein Teil des Familientraumes, der mit diesem Auszug entschwindet? Ist es dieser Verlust, den Jeremy »The worst of the worst« genannt hat und den er eben jetzt in Zorn und Bitterkeit nachvollzieht, Nagel für Nagel, Schraube für Schraube?

Beklommen sieht sie zu, wie er zum Schluß die Glühbirne herausdreht und in die Plastiktüte wirft. Über dem verödeten Raum schließt sich die Tür mit der Endgültigkeit eines Sargdeckels.

Vergeblich sucht sie nach Worten, um die Starre zu durchbrechen. Ich weiß, wie es ist, wenn man aus einem Traum herausfällt, möchte sie sagen. Auch wenn mein Traum ein anderer war, könnten die Gefühle beim Absturz ähnlich sein: Schwindel, Panik, Verlorenheit. Es geht vorbei, möchte sie sagen. Bei mir ist es auch vorbeigegangen.

Mit einer Festigkeit, an die sie selbst nicht glaubt, sagt sie, daß der Vater seine Arbeit fortsetzen und beenden wird. So etwas sei nicht an Räume gebunden. Wenn er zu Hause nicht arbeiten kann, wird man andere Räume und andere Gesprächspartner finden. Für den Anfang könnte es vielleicht helfen, wenn sie, Elisabeth Götte, das bereits Geschriebene lesen und mit ihm darüber diskutieren würde. Schließlich hat sie außer Germanistik auch Philosophie studiert. Auch wenn das Thema ihr fernliegt, könnte sie sich einarbeiten.

Mit einem Ruck dreht er sich nach ihr um, und in diesem Augenblick sieht sie etwas, was sie noch nie so nackt und unerbittlich gesehen hat, nämlich das uralte Gesicht der Oxbridge-Arroganz, das sie mit tiefer Verachtung aus Jeremys Augen anschaut. You wouldn't understand a word of it! sagt er.

Sie weiß, daß es Zeit ist zu gehen. Aber sie geht nicht. Eine sanfte, nicht unangenehme Müdigkeit hindert sie, einen Termin zu setzen. Um zu erfahren, was die Pearls über ihren immer wieder verlängerten Aufenthalt denken, erklärt sie eines Abends am Kamin, daß sie bald abreisen wird. Der Protest kommt spontan, fast herzlich. Mindestens bis zum Geburtstag des Vaters müsse sie bleiben, meint Mrs. Pearl. It will be a big party with many interesting guests. We would be happy to have you with us.

Jeremy findet, daß es zu früh sei, über den Geburtstag zu sprechen. Wer weiß, was bis dahin passiert. Einen Augenblick Stille. Blicke weichen einander aus. Etwas Dunkles ist ins Zimmer getreten, ein Schatten, durch den sie hindurch müssen, um das helle Ufer des Geburtstags zu erreichen.

Don't listen to Jeremy, sagt Mrs. Pearl. He is the pessimist of the family. Dann reden sie über den Geburtstag: daß man das untere Zimmer ausräumen muß, einen Partyservice beauftragen, eine Einladungsliste schreiben. Jeremy geht hinaus. Thanks for the invitation, sagt Elisabeth Götte. I'll think about it.

Am nächsten Morgen findet sie beim Kramen in einem Antiquariat einen alten Bildband über historische Zigeunerwagen und kauft ihn zu einem übertriebenen Preis, um ein Geschenk zu haben, falls sie tatsächlich zum Geburtstag noch hier sein sollte. Vielleicht befindet sich unter den Abbildungen eine, die den alten Traum wieder entzündet. Besser ein alter Traum, als gar keiner, denkt sie.

Seit der Rückkehr des Professors läuft der Haushalt wieder im alten geruhsamen Rhythmus. Wie vorher fährt er dienstags nach Cambridge und kommt donnerstags abends zurück. Die entleerte College-Wohnung, Jeremys Strafgericht über Nägel und Schrauben, gleiten in den Raum der Träume und Phantasien, wo sie sich mit vagen Zukunftsplänen im Kreise drehen. Möglichkeiten gibt es mehr als genug. Sie könnte sich um ein germanistisches Lektorat an einem der Colleges bewerben. Ihre finanzielle Lage würde es erlauben, eine Wohnung in Cambridge zu mieten und in Ruhe an der seit langem geplanten Habilitation zu arbeiten. Sie könnte auf Reisen Erfahrungen sammeln, die ihr dümpelndes Leben wieder in Fahrt bringen, oder eine alte Beziehung reanimieren – vielleicht doch noch ein Kind, wenn es nicht schon zu spät ist ...

Die vernünftigste aller vernünftigen Möglichkeiten kommt ihr allerdings nicht in den Sinn, nämlich nach Deutschland, in ihren alten Beruf zurückzukehren. Zwar sind die Gründe für ihre Flucht inzwischen verblaßt, aber immer noch spürt sie bei dem Gedanken an Heimkehr ein Unbehagen ähnlich der Übelkeit, die vom Magen aufsteigt, wenn man einer Speise begegnet, an der man sich einmal vergiftet hat.

So zieht sie, von Projekten umgaukelt, weiter die gewohnten Kreise, vormittags nach Cambridge, nachmittags ziellose Wanderungen durch sattsam bekannte Gelände, abends mit den Pearls am Kamin, nachts in verworrenen Träumen unterwegs, die beim Erwachen erlöschen. Wenn das Morgenlicht grau durch das Fenster ihrer Kammer sickert, sitzt sie aufrecht im Bett und beteuert sich und der Welt: Heute wird der Entschluß gefaßt.

Das Verdämmern solcher Vorsätze im Lauf des Tages nimmt sie ohne Erstaunen zur Kenntnis. Es gehört zum Haushalt der Pearls wie Jeremys glühend begonnene, unauffällig versandende Projekte; wie der unter der Plane faulende Zigeunerwagen; wie Jeremys immer noch namenlose Krankheit; wie die Weltreisen seiner Brüder, die in der Kaminrunde landen – ein kleines Sonnensystem mit Mrs. Pearl als Zentrum, um das, mehr oder weniger entfernt, die Planeten kreisen, Jeremy am Rande – ein Seismograph, an dem sie etwas ablesen könnte, wenn nicht auch ihre Gedanken von der seltsamen, nicht unangenehmen Müdigkeit befallen wären. Statt gradeaus einem Problem zu Leibe zu gehen, es in handliche Teile zu spalten und Stück für Stück durch Begriffsbildung zu erledigen, beschreibt es Kurven, Schleifen, Kreise, umspinnt Knoten, weicht vor Finsternissen zurück, hüpft über Abgründe, verliert sich in fremden Bildern. (So etwa könnte Otto Weininger die Heniden weiblichen Denkens gesehen haben.)

Jeremy begleitet sie nur noch selten durch das alte Cambridge. Meist läßt er sie mit ein paar Tips über Sehenswürdigkeiten, die sie besichtigen sollte, am Eingang des College-Viertels aussteigen. Er selbst ist wegen wichtiger Geschäfte verhindert, von denen er nicht spricht, nach denen sie nicht fragt, weil sie spürt, daß das worst of the worst, das ihn umtreibt, inzwischen zu den verbotenen Themen gehört. Warum das so ist, weiß sie nicht, spürt nur mit einem leisen Dauerschmerz die zunehmende Entfremdung, die irgendwann, auch ohne eigene Entschlüsse, zur Trennung führen wird.

Ohne Jeremys Tips zu beachten, läßt sie sich vom Touristenstrom treiben, und manchmal passiert es ihr, daß sie in einer Lücke zwischen Köpfen und Schultern Ludwig Wittgenstein fortgehen sieht. Er biegt um eine Ecke, verschwindet in einem Torweg, entfernt sich unter Arkaden – schlank, knapp mittelgroß, sorgfältig und teuer nach kontinentaler Eleganz gekleidet, wie er bei seinem ersten Aufenthalt in Cambridge auftrat, oder schäbig, wie nach seiner Rückkehr 1929, in abgetragenen Militärhosen, offenem Sporthemd, schweren Wanderschuhen, zu jeder Zeit seines Lebens jünger aussehend, als er ist.

Sie geht ihm nicht nach. Es liegt ihr nichts daran, dem Enteilenden ins Gesicht zu schauen und festzustellen, daß sie sich getäuscht hat. Während sie langsam ihren Weg fortsetzt, projiziert sie sein Fortgehen in die eigenen Bilder, die inzwischen deutlicher sind als die Wirklichkeit, die sie umgibt. Immer ist Wasser dabei, Fluß oder See oder Meer: Schaumgebrodel tief unten, wenn er auf schmalem Pfad an der walisischen Steilküste entlangwandert; mit gierigen Zungen ins Land fressend zwischen den grünen Hügeln von Connemara; von mächtigen Gebirgszügen begleitet am Zufluß zum Sognefjord, wo er einmal ein Haus baute, in dem er dann doch nicht bleiben konnte.

Er hat den raschen, achtlosen Schritt, den nach innen gekehrten Blick eines Menschen, der im Gehen denkt. Gehen und Denken sind eins: Denkbewegung. Gehend schleift er seine Sätze, bis das Geröll, aus dem sie kommen, abgeschliffen ist und der reine Kristall hervortritt. In Hefte, auf Zettel notiert er Bemerkungen, die sich nicht in eine Richtung zwingen lassen. Wie sein Gehen so schweift auch sein Denken kreuz und quer durch das Feld der Sprache. Auf langen verwickelten Wanderungen entsteht das, was er »Landschaftsskizzen« nennt – Muster und Bilder, die als ein weitverzweigtes, bewegtes System über einem ebenfalls bewegten Untergrund sichtbar werden. »Aufräumen« nennt er das, Ordnung und Klarheit schaffen, Wegweiser aufstellen in einem von Fallen, Täuschungen, Lügen verwirrten Dschungel, in dem er sich eingesperrt fühlt wie die Fliege im Fliegenglas. Beklommen schauen die irischen Schafbauern ihm nach, wenn er, ein deutsch-englisches Kauderwelsch vor sich hin murmelnd, vorüberzieht. Sie halten ihn für verrückt und verbieten ihm, ihr Land zu betreten, aus Sorge, er könnte ihnen die Schafe scheu machen. So hat Beethoven Kühe in Panik versetzt, wenn er brummend, heulend, imaginäre Orchester dirigierend über die Weiden stampfte – ein Vergleich, der ihn begeistert hätte, weil das Genie, das ihm vorschwebt, Ludwig van Beethoven heißt. Manchmal pfeift er beim Gehen, Symphonien, Konzerte, Kammermusik – ausschließlich Klassik. Moderne Kompositionen sind ihm ein Greuel. Schon bei Brahms hört er die verhaßten Maschinen rasseln. Wenn ein musikalischer Freund ihn begleitet, pfeifen sie zweistimmig. Bei der leisesten Ungenauigkeit bricht er ab und korrigiert. Sein musikalisches Gedächtnis ist unfehlbar, sein Pfeifen virtuos. Wie in allen Dingen, so strebt er auch hier nach Perfektion.

Beim Dozieren vor seinen Studenten läuft er wie ein gefangenes Tier auf und ab. Diskussion mit ihm ist nicht möglich, weil er nicht zuhört. Es gibt keine Wahrheit außer der seinen. Erklären, Begründen, Beweisen hält er für unnütz. Es geht ihm um ein Ganzes, das mit Worten nicht zu erklären ist. Das Sehen muß sich ändern, dann verschwinden Täuschungen und Widersprüche. Die Fliege befreit sich aus dem Fliegenglas. Verstehen sie ihn? Wenn sie Plattheiten von sich geben, rennt er wortlos hinaus. Stehend oder sitzend würde er im Überdruß ertrinken. Er muß gehen, gehen, Cambridges grauen Staub von den Füßen schütteln.

Seine jungen Freunde beschwört er, Cambridge und die Philosophie zu meiden, aber er selbst kommt immer wieder nach Cambridge zurück, weil es der einzige Ort auf der Welt ist, wo man seine Arbeit nützlich und eines Lohnes wert findet. Und nützlich will er sein, wenn nicht jetzt und hier, so vielleicht in hundert Jahren, wenn aus dem Niedergang der westlichen Zivilisation eine Kultur wachsen sollte. Vorläufig sieht er mit Oswald Spengler das Abendland untergehen, in die Irre geführt vom naturwissenschaftlichen Denken, plattgemacht vom »Fortschritt« der Technik, er selbst abseits vom Mainstream, wie Goethe mit Farbenlehre und Urpflanze abseits vom Siegeszug Newtons.

Weil er in seiner Zeit nicht Fuß fassen kann, muß er immer unterwegs sein. Man kann ihm nicht folgen. Ehe man seine Sätze begriffen hat, ist er schon weiter. Was ihn am Weitergehen hindert, wirft er nach und nach ab, bis er, der einmal einer der reichsten Erben Europas hätte sein können, gar nichts Eigenes mehr hat, kein Haus, keine Wohnung, kein Lehramt, kein Einkommen, nur die Gedanken auf Zetteln, in Heften, Notizbüchern, die er seinen Freunden hinterläßt, damit sie sie sammeln, ordnen und der Nachwelt überliefern. Er selbst bringt nichts Vollständiges zustande außer den hundert Seiten Tractatus (aber im Tractatus, sagt er, ist das Wichtigste das, was nicht drinsteht ...).

Wenn Elisabeth Götte von solchen Ausflügen zurückkehrt, spürt sie Mrs. Pearls besorgten Blick. You look tired, sagt sie. Why dont you stay at home for a while? We'll have high tea tomorrow. I'm sure you'll enjoy it.

Den nächsten Vormittag verbringen sie mit dem Rühren, Formen, Backen kleiner Kuchen und Plätzchen, und als sie geruhsam am zierlich gedeckten Terrassentisch sitzen, schlendern, einer nach dem anderen, die Söhne heran, ein wenig erstaunt über den ungewöhnlichen Aufwand, aber ohne nach dem Anlaß zu fragen. Später gesellt sich der Vater dazu, und am Ende erscheint sogar Jeremy mit Wasserflasche und Cerialpackung. Als Elisabeth Götte einmal ins Haus geht, um ein Foto von ihrer Schule zu holen, bleibt sie auf dem Rückweg hinter einem der winzigen Fenster stehen und sieht die Familie im sanften Spätsommerlicht beieinander sitzen, unhörbar plaudernd, einander zureichend, zulächelnd – ein vom Fensterrahmen begrenztes Bild heiterer Gelassenheit, unerreichbar für die Turbulenzen der Zeit. Am gleichen Tag, am gleichen Tisch schreibt sie die High-Tea-Rezepte auf, die Mrs. Pearl ihr diktiert und die sie Jahre später beim Blättern in ihren Wittgenstein-Notizen wiederfindet, mitsamt dem Bild, das sich still und leuchtend zwischen den Fluchtlinien ihres Lebens gehalten hat.

Eines Nachts wacht sie auf, weil etwas Fremdes ins Zimmer getreten ist. Sie macht Licht, schaut sich um, sitzt eine Weile lauschend im Bett. Als nichts Ungewöhnliches sich zeigt, macht sie das Licht wieder aus. Allmählich wächst ein Schein in die Finsternis und bildet einen blassen Fleck an der Wand. Von irgendwo hinter dem Fenster muß ein Licht herüberleuchten. Aber in dieser Richtung gibt es kein Haus, keine Straße, nur den Acker, auf dem Mrs. Pearl Gemüse und Salat zieht, und dahinter die kleine Wildnis, in der der Zigeunerwagen versteckt ist.

Sie will aufstehen, zum Fenster gehen, nachschauen, und schläft darüber ein. Im Traum läuft sie verschlungene Gänge entlang, immer dem Licht nach, das nach oben ausweicht und in großer Höhe stillsteht. Wer wohnt da oben? fragt sie den alten Gärtner, der Jeremy bei der Umgestaltung des Gartens beraten hat. Dann erinnert sie sich, daß sie Deutsch gesprochen hat, und wiederholt die Frage auf englisch: Who is living up there?

It's the apartment of Mr. Wittgenstein, sagt er. Mr. Moore gave it to him.

And how do I get there?

There used to be a ladder, sagt er.

And where is the ladder now?

Didn't you read his book? sagt er vorwurfsvoll. He threw it away...

Beim Frühstück liegt Aufbruch in der Luft. Timothy, der älteste Sohn, der an einem Schnellkurs für Börsenspekulation teilnimmt, trinkt seinen Tee im Stehen und verschwindet. Mrs. Pearl bekommt einen Anruf, der sie veranlaßt, alles stehen- und liegenzulassen und mit Regenmantel und Hut aus dem Haus zu laufen. Kurz darauf sieht Elisabeth Götte den alten Morris, der bisher ungenutzt in einem der Schuppen herumstand, durch den Hof lavieren und aufheulend hinter der Hecke verschwinden. Nie war es ihr in den Sinn gekommen, daß Mrs. Pearl ein eigenes Auto besäße und es sogar fahren könne. Sie möchte Jeremy fragen, aber der hat es eilig, nach Cambridge zu kommen. Are you ready?

Aber sie möchte diesmal zu Hause bleiben. Sie hat eine unruhige Nacht hinter sich und will versuchen, Schlaf nachzuholen. Seine Miene verrät, daß es ihm nicht angenehm ist, sie allein im Haus zurückzulassen. Mehrmals ermahnt er sie, alle Türen sorgfältig abzuschließen. Als sie ihn daran erinnert, daß seine Mutter nie abschließt, wenn sie allein zu Hause ist, sagt er: That's different! und ist schon aus der Tür, als sie ihm nachruft: What's different?

Als sein Wagen verschwunden ist, geht sie langsam durch die Räume und spürt, daß tatsächlich alles anders ist, wenn Mrs. Pearl das Haus verlassen hat. In dem spärlichen Licht, das durch die winzigen Fenster dringt, wirken die Räume öde und unwirtlich. Selbst das Kaminzimmer, das bei Lampenlicht eine gewisse Gemütlichkeit ausstrahlt, gleicht im grauen Tageslicht einem Abstellraum für schäbige Möbel, wie man sie bei einem Auszug zurückläßt.

Auf der Schwelle ihrer Kammer bleibt sie stehen und atmet die eingeschlossene Luft, die schwer ist von dem Traum der vergangenen Nacht. Mit Ekelgrimasse reißt sie das Fenster auf und zerstört dabei die provisorische Dichtung.

Es hat angefangen zu regnen. Sanftes Geriesel geht auf das Rieddach nieder. Durch Tropfenschnüre schaut sie zu dem Wäldchen hinüber, das sich bei der Nacht in ein Labyrinth verschlungener Gänge verwandelt hat. Nun ist es wieder das, was es immer gewesen ist: ein Streifen Dickicht aus Bäumen, Büschen, Brombeergerank, lichter als damals, weil allmählich die Blätter fallen. Wenn sie den Schein an der Wand wirklich gesehen, nicht nur geträumt hat, muß das Licht von dorther ins Fenster geleuchtet haben, möglicherweise von einem Sportplatz mit Flutlicht dahinter. Oder ein Auto ist von der Straße abgekommen und hat sich im moorigen Grund festgefahren.

Es ist ihr auf einmal sehr wichtig zu wissen, ob der Schein ein geträumter oder ein wirklicher war. Als brauche sie diese Gewißheit, um das Traum-Ich, das immer noch durch die Gänge hetzt, zur Ruhe zu bringen. Mit den Augen zieht sie eine Linie von dem Stück Wand neben dem Schrank, wo der Schein gestanden hat, zum Fenster und von dort über das Gemüsefeld zum Dickicht hinüber. Dann greift sie sich den Anorak vom Haken, steckt die Taschenlampe ein und steigt in die viel zu großen Gummistiefel, die vor der Hintertür abgestellt sind.

Das Kinn trotzig erhoben, marschiert sie den vermatschten

Weg zwischen den Gemüsebeeten entlang, bleibt am Rand stehen und schaut noch einmal zum Haus zurück. Dann dringt sie mit vorgehaltenen Händen in das tropfende Dickicht und durchstreift es nach allen Richtungen, bis zum undurchdringlichen Dornengerank, das es zur Straße hin abschließt, und zu dem Moorgraben am hinteren Rand, der es von einem Stück brachliegenden Ackerlandes trennt. Kein Sportplatz zu sehen, keine Autospur, überhaupt keine Möglichkeit, mit dem Auto von der Straße hereinzukommen.

Auf dem Rückweg sucht sie den Zigeunerwagen und läuft mehrmals dicht daran vorbei, bis sie ein Stück schwarzer Plane entdeckt. Offenbar hat Jeremy sich ihre Vorwürfe zu Herzen genommen und für eine bessere Abdeckung gesorgt. Die dicke, unversehrte Plane reicht bis zum Boden hinunter. Vor der Eingangstür und dem seitlichen Fenster ist sie eingeschnitten, so daß zwei Streifen davon aufgerollt und oberhalb der Scheiben auf Haken gelegt werden können. Die Tür ist geschlossen und mit einem Vorhängeschloß gesichert.

Auch im Inneren ist Ordnung eingekehrt, bemerkt sie, als sie mit der Taschenlampe hineinleuchtet. Die Gerümpelhaufen sind verschwunden, der Wagen fast leer bis auf ein mit Decken beladenes Feldbett im Hintergrund, einer Kiste daneben und einem alten Tisch mit Schemel unter dem Seitenfenster. Über dem Tisch hängt eine Art Lampe, die aus einem Batteriekasten und einem runden, verglasten Kopf besteht. Wenn ihr Licht stark genug wäre, könnte der Schein bei hochgerollter Plane durch die jetzt fast entlaubten Büsche bis zum Haus und in ihr Kammerfenster reichen.

Aber was, um Himmels willen, hat Jeremy in der Nacht hier zu suchen? Zwar schläft er nicht, wenn andere schlafen. Oft genug hat sie ihn nachts im Haus und ums Haus herumgehen hören. Aber was will er in dem feuchten modrigen Wagen, der unter der Plane bestimmt nicht trockener geworden ist? Hat er einen heimlichen Freund dort untergebracht? Trifft er sich mit der Frau am anderen Ende der Leitung? Verwahrt er hier seine Wetterstatistiken, -notizen, -geräte? Umgeht er die Ordnung der Mutter, um an diesem kläglichen Tisch den Aufsatz zu schreiben, der ihn auf Umwegen seinem Vater näherbringen soll? Verrückte Idee! Aber ist nicht alles hier ein wenig verrückt, abseitig, versponnen?

Als sie zum Haus kommt, sieht sie durch die Scheibe der Küchentür Mrs. Pearl am Herd stehen, und plötzlich kommt es ihr ganz und gar unwahrscheinlich vor, daß sie, die alle Fäden in der Hand hält, nicht längst über alles einschließlich Zigeunerwagen Bescheid wüßte.

Oh dear, you must be soaked! ruft sie ihr entgegen. Have a nice hot cup of tea!

Ein einziges Mal passiert es ihr, daß jemand sich an ihren Tisch im Tearoom setzt. Sorry! sagt eine tiefe Frauenstimme, I don't want to disturb. Just go on reading. Aber Elisabeth Götte will nicht mehr lesen. Ein Blick in das große offene Gesicht mit den wachen Augen hat ihr Interesse geweckt. Es ist ein altes Gesicht, wettergebräunt, Falten um Mund und Augen, dickes, schwarzgraumeliertes Haar wie ein Fell um den gewölbten Schädel. Wie sie dasitzt in ihrem voluminösen Pullover, die langen Beine in engen Hosen lässig übereinandergeschlagen, wie sie die Karte studiert und der Bedienung einen Blick zuwirft, den diese sofort bemerkt und befolgt, geht eine unbekümmerte Sicherheit von ihr aus. Daß sie alt ist, scheint ihr nichts auszumachen. Offenbar fühlt sie sich wohl in ihrer Haut. Sie muß ein interessantes Leben gehabt haben, denkt Elisabeth Götte.

Fasziniert schaut sie zu, wie die Bedienung sich Mühe gibt, die ungewöhnliche Bestellung aufzunehmen: black coffee, French cognac! und ist noch nicht fertig mit Schauen, als die Fremde sich ihr zuwendet. You are reading an interesting book! sagt sie mit Blick auf die Wittgenstein-Biographie, die aufgeschlagen, Rücken nach oben, auf dem Tisch liegt. Did you see Jarman's Wittgenstein-Film? No? Oh, you must see it!

So direkt, ohne Vorstellung und small talk, kommen sie ins Gespräch und bleiben darin, gefangen im gegenseitigen Interesse, bis zum überstürzten Aufbruch und darüber hinaus, weil Elisabeth Götte mit der Fremden zum Bahnhof rennt. Als sie vom Bahnsteig zurückkommt, ist ihr Bus längst weg, und das ist ihr ganz recht, weil sie sich mit bestem Willen nicht vorstellen kann, jetzt mit den Pearls am Kamin zu sitzen und über das Wetter zu reden.

Im Sturmschritt durch die dämmrigen Straßen laufend, horcht sie dem Gespräch nach, das anfangs so angenehm dahingeflossen war: erzählen, beschreiben, vergleichen; wie alte Bekannte sprechen, die sich nach langer Trennung eine Menge mitzuteilen haben, begierig zu erfahren, ob das Erzählte noch wie damals zusammenklingt. Obwohl es zwischen ihnen kein Damals gegeben hat. Warum konnte es nicht so bleiben? Wann ist die Schärfe hineingekommen, der Spott?

Von Jarmans Wittgenstein-Film hat die Fremde erzählt: der geniale Umgang mit spärlichen Mitteln; die Verwendung der Farbe zur ironischen Übertreibung von Personen und Milieus. If you want to see Wittgenstein in Cambridge you must see the film! Und ich habe gesagt, daß ich meinen eigenen Wittgenstein-Film sehe. Er läuft in meinem Kopf in Ton und Farbe, manchmal so lebendig, daß ich das Gefühl habe, mitzulaufen.

But there is a difference, he is dead and you are alive!

Die Fremde hat sich gewundert, daß ich in all den Wochen nichts von England gesehen habe außer Cambridge und seine langweilige Umgebung; keine Leute gekannt außer den Pearls, keine Sprache gehört außer ihrem Kamingeplauder. Ob ich denn gar nicht neugierig sei auf dieses Land?

Ich habe versucht zu erklären, daß meine Englandfahrt keine Vergnügungsreise sei, sondern eine Flucht. Nicht irgendwohin sei ich gefahren, sondern irgendwo weg.

Was denn so schrecklich gewesen sei, daß ich fliehen mußte?

Habe ich zuviel geredet, zu hektisch, zu übertrieben in meinem Verlangen, mich darzustellen, wahrgenommen zu werden, nachdem ich so lange ein Niemand gewesen war, Gegenstand von Gastfreundschaft, aber nicht von Interesse, von keinem befragt, was ich denke, fühle, tue, getan habe? Bin ich pathetisch geworden bei der Schilderung meines Scheiterns? Hat die englische Sprache meine deutsche Wahrheit ins Lächerliche gezogen?

Elisabeth Götte versucht die verklungenen Sätze zu rekonstruieren, aber es fallen ihr nur Bruchstücke ein, Lücken dazwischen, Suchen nach Worten: Sinn meiner Arbeit (sense, essence, goal, task?) sei es gewesen, Literatur ins Leben der Schüler hineinzubringen, Berührungen und Reaktionen zu ermöglichen, Räume zu schaffen, in denen die Poesie ihre Wirkkraft (effect, impact?) entfalten kann (unfold? spread out?), Bilder, an denen die Hoffnung sich entzündet, Wahrheit, die wie ein klares Wasser in die Sprache eindringt, sie reinigt und klärt. Wenn solche Berührungen nicht stattfänden, so oft, so früh als möglich, vertrockne die Literatur, die Sprache verrotte, die Gesellschaft versinke in Barbarei. Gegen dieses Vertrocknen, Verrotten, Versinken hätte ich in der Schule gekämpft und verloren. Ein einziger Vorfall, nicht ungewöhnlich, aber besonders widerlich, habe mir die Augen geöffnet: daß ich ins Leere spräche, ein Sender ohne Empfänger. Weil meinen Schülern das Organ abhanden gekommen sei, das Literatur aufnehmen kann: das Ich, das Selbst ...

An diesem Punkt bin ich in Schwierigkeiten geraten, weil das Ich und Selbst sich nicht in die englische Sprache fügen wollten, und die Fremde hat mir nicht geholfen, obwohl sie ganz gut Deutsch konnte, wie sich später herausstellte, hat nur geschaut, Augenbrauen hoch auf der Stirn, und als ich fertig war, hat sie gesagt: Well, now you are in England. Do you feel better?

Ihre direkte Art zu fragen! Daran war ich nicht mehr gewöhnt. Mein Englisch, das meine Gastgeber als »perfect« bezeichnen, ich immerhin als »fließend«, hat sich einem anderen Spiel anbequemt, das keine Berührung, keinen Einstich, keinen Schlagabtausch duldet. Fühle ich mich besser in England?

Ich sei gern bei den Pearls, habe ich gesagt. Ihre Gastfreundschaft, ihre liebenswürdige, zivilisierte Sprache hätten mir wohlgetan. Verletzt, wie ich war, sei ich darin versunken wie in einem warmen Bad, einem Heilschlaf.

Ob ich aus Deutschland geflohen sei, um in einem englischen Heilschlaf zu versinken?

Ich sei im Begriff aufzuwachen, habe ich lachend gesagt, und sie hat angefangen, von England zu erzählen, wie man von etwas Geliebtem erzählt, das der andere auch lieben soll, Orte, Landschaften, Gärten, Leute. Ob ich von Jarmans Garten gehört hätte, den er auf der öden Halbinsel Dungeness angelegt hat, als er schon krank war – eine herbe Schönheit aus vielfarbigen, zu Kreisen und Mustern gelegten Steinen, aus Schrott, Strandgut, blühendem Unkraut, die sich ohne Zaun und Hecke in die Weite von Himmel und Meer erstreckt. Aus lauter verachteten, kaputten, weggeworfenen Dingen sei ein Kunstwerk entstanden. That's art, hat sie gesagt, rearranging trash again and again and again. You must see it! …

Immer wieder, wie ein Refrain, dieses »You must see it!«.

Ob sie in der Nähe wohne, habe ich gefragt, ob ich sie mal besuchen könne. Sie hat ihre Telefonnummer auf einen Zettel geschrieben, die Bedienung herbeigewinkt und zwei Cognac bestellt. By the way, I'm Vera! And you?

Ich habe getrunken, obwohl ich Alkohol nicht vertrage, und bin in ein leichteres Fahrwasser geraten, habe sogar lachen können, obwohl ich ein wenig gekränkt war, als sie vorschlug, das Wort »Flucht« fallenzulassen, weil es einfach zu groß, zu »pompous« sei für eine komfortable Reise nach Cambridge.

Why don't you call it »trip«? »Ausflug« in German. Traveling like a bird of passage, ein Zugvogel, looking down from above, resting at agreeable places, meeting nice people, having a good time, eventually flying back home, to your country, your language, your school …

Never! habe ich ausgerufen. If I ever decide to teach again it will be in one of those wonderful colleges – Oxford or Cambridge …

What do you know about Oxford and Cambridge?

Da hat es angefangen, denkt Elisabeth Götte, der kühle Ton, der skeptische Blick, die hochgezogenen Brauen.

Sie spürt, wie ihr das Blut in die Wangen steigt bei der Erinnerung an ihre von Euphorie und Cognac beflügelte Beschreibung der Bilder, die sie auf ihren Wanderungen mit Jeremy durch die Höfe, Gärten und Räume der alten Colleges gesehen hatte.

Und du hast mich reden lassen, sagt sie laut und sticht einen zornigen Zeigefinger vor sich her, weil sie ganz vergessen hat, daß sie nicht auf einem ihrer einsamen Feldwege unterwegs ist, sondern in einer öffentlichen, allerdings wenig belebten Straße. Mein Cambridge-Erlebnis hast du dir vorführen lassen, und als es komplett war mit all den schönen Extras, die Jeremy und ich darin versammelt hatten, hast du gemächlich angefangen, es zu demontieren, Stück für Stück. Und ich habe es nicht bemerkt, weil die Demontage so sanft vor sich ging, in dieser liebenswürdig-ironischen, zivilisierten Sprache, die mir immer noch angenehm in den Ohren klang, als das Massaker schon fast gelaufen war.

Erst zum Schluß bist du laut geworden, und die Gäste im Tearoom haben angefangen, auf ihren Stühlen herumzurutschen, weil unser Gespräch nicht mehr nice and decent war. Obwohl wir immer noch Englisch sprachen …

Ich muß sie anrufen, denkt sie. Was haben dir die Colleges getan? muß ich sie fragen. Oder geht es nicht um die Colleges?

Sie ist stehengeblieben und gräbt in ihrer Tasche nach dem Zettel mit der Telefonnummer, kann ihn aber nicht finden in der Dunkelheit, schaut sich nach einem Licht um, erschrickt. Sie ist in einen abgelegenen Teil der Stadt geraten, zwischen schäbige Reihenhäuser, Buden, Fabrikanlagen, Bauzäune. Ratlos in die Runde blickend, versucht sie sich zu erinnern, welchen Weg sie gekommen ist, wo es liegt, ihr Cambridge, Türmchen und Zinnen, verwunschene Höfe, bezaubernde Gärten ... Allmählich, während eine bange Kälte in ihr hochsteigt, begreift sie, daß sie es nie mehr so sehen wird. Ein böser Wind ist darüber hinweggegangen.

Stop talking rubbish! hat Vera gesagt. Your Cambridge is a dream and not even your own.

»Ambiguity« – das war das Wort, das Gift –, mit sanftester Stimme injiziert: daß ich ein paar hübsche Geschichten erzählt hätte, die allerdings in der Luft hingen, wenn ihnen nicht, der Vollständigkeit halber, die fehlende Seite hinzugefügt werde, das Gewicht Realität: Zu dem von mir gepriesenen lockeren Umgang zwischen Lehrenden und Lernenden die beinharte Hierarchie im Innern; zu den demokratischen Prozeduren der Unions und Clubs das unerschütterliche Beharren auf quasifeudalen Strukturen und Privilegien; zu der angenehmen Lässigkeit bezüglich Arbeit und Leistung die mörderischen Konkurrenzkämpfe um Aufstiegschancen, und so weiter, eins nach dem anderen.

Daß solche Kombinationen nicht als Widersprüche in Erscheinung träten, sei die Frucht erstaunlicher Kompromisse: Chaplains, die nicht an Gott glauben; Revolutionäre, die das Establishment stützen; Demokraten – dem größten Glück der größten Zahl verpflichtet –, die eine Politik der sozialen Brutalität verträten. Daß das eine das andere nicht ausschlösse, sondern in undurchsichtiger Mischung friedlich wie der River Cam dahinflösse, sei das Werk der von mir so innig verehrten Sprache, die jede Überzeugung und ihr Gegenteil mit der gleichen Eloquenz und Überzeugungskraft verteidige.

»This wonderful language!« (Wie sie das aussprach, mit Tremolo und Augenaufschlag. Hab ich mich wirklich so albern aufgeführt?) This wonderful language mit ihrer wonderful ambiguity funktioniere wie ein Markenzeichen, das diejenigen, die sie »properly« sprächen, für hohe und höchste Ränge des Establishments qualifiziere, wo ehemalige Oxbridge-Absolventen bereits säßen und mittels eines einzigartigen Networks von Beziehungen zu den Zentren von Geld und Macht dafür sorgten, daß die so erzogenen jungen Leute auf die richtigen Plätze kämen. (Oxbridge rules Britain. Britain rules the world.) Denn zur Herrschaft seien sie bestimmt und erzogen, und was sie von den Absolventen anderer Universitäten unterscheide, sei weniger die Leistung, als eine ganz bestimmte Souveränität im gesellschaftlichen Umgang und ein unerschütterliches Gefühl der Zugehörigkeit zur Elite und der Überlegenheit über Nicht-Zugehörige, beides mit dieser »wonderful language« erlernt, verinnerlicht und so tief im öffentlichen Bewußtsein verankert, daß die Rangordnung als eine Art Naturrecht empfunden werde: »academic tyranny« – bei diesen Worten ist Elisabeth Götte aufgeschreckt. Did you say tyranny? hört sie sich murmeln, hilflos, weil das Gespräch auf ein Terrain geraten ist, in dem sie sich überhaupt nicht auskennt: You don't mean it, do you?

Oh yes, I do! Das große alte Gesicht plötzlich ganz nah, Ellenbogen auf dem Tisch, Kinn in der Hand, der dunkle Blick so direkt in Elisabeth Göttes empfindliche Augen gebohrt, daß sie darunter zu tränen anfangen.

Don't look at me like a frightened rabbit! spottet Vera. You know this language! You've heard it at the Pearls but for you it was just English, agreeable as a warm bath, as a healingsleep. You didn't notice that this soft language and the invisible wall which blocked your way are one and the same – a language with a built-in controlsystem, which keeps the unwanted under cover just like those old colleges keep under cover whatever could damage their profitable reputation. No matter what happens inside – it's all settled internally, buried deep down in the catacombs of language – EVEN CRIME! And they can be sure that nobody from outside, no court, no judge, no public will interfere.

An diesem Punkt hat sie innegehalten, um sich ein neues Zigarillo anzuzünden, und Elisabeth Götte war endlich imstande zu protestieren. Von Verleumdung hat sie gesprochen (slander?). Was das heißen solle: It's all settled internally, EVEN CRIME! Als hätte das Recht in den Colleges kein recht. Ein ungeheuerlicher Vorwurf! So etwas dürfe man nicht sagen, wenn man es nicht beweisen könne. Wenn nun jemand zugehört hätte ...

It's no secret, hat Vera gesagt, nun wieder bequem zurückgelehnt, rauchumwölkt, freundlich, gelassen, als hätte es kein Massaker gegeben außer in Elisabeth Göttes cognacvernebeltem Kopf ... Everybody knows it. Ask your professor!

Nach einem Blick auf die Uhr hat sie ihre Sachen zusammengerafft und ganz nebenbei, im Weggehen, einen lässigen deutschen Satz fallen lassen: Ich kenne den Laden. Von innen und von außen!

Ich muß sie anrufen! denkt Elisabeth Götte.

Erst jetzt bemerkt sie, daß sie sich in einer breiten, hellerleuchteten Straße befindet. Autos rauschen vorbei. Zu spät erblickt sie ein Taxi, winkt hinterher, aber es hält nicht an. Sie ist plötzlich sehr müde, fühlt sich weit weg von allem, was sie einmal gekannt hat, in einer fremden Stadt. Von der gegenüberliegenden Seite leuchtet ein buntes Schild herüber, ein Pub. Sie wartet eine Lücke im Autoverkehr ab und überquert rasch die Straße. Auf Zehenspitzen vor dem Fenster stehend, späht sie ins Innere nach einem Telefon. Aber der Rauch ist zu dicht, die Scheibe zu schmutzig. Männer umlagern den Tresen. Keine einzige Frau zu sehen. Noch nie hat sie einen Pub betreten. Unschlüssig geht sie auf dem Bürgersteig auf und ab. Als die Tür sich öffnet und ein paar schwankende Gestalten ausspuckt, gibt sie sich einen Ruck und tritt ein.

Da sitzt sie, am einzigen freien Tisch, weit weg vom Männergedränge am Tresen, hat alle Taschen ausgeräumt und den Inhalt auf dem schmierigen Tisch ausgebreitet: Bücher, Reiseprospekte, Schreibzeug, Notizblock, Kamm, Merkzettel, Rechnungen, Fahrscheine, Geldbörse, Brieftasche. Die Freunde in Deutschland würden sich die Haare raufen. Man darf sie einfach nicht allein reisen lassen. Ihre kindische Arglosigkeit, die sie »Vertrauen in die Menschheit« nennt; ihr totaler Mangel an Orientierungssinn, ihre zunehmende Weitsichtigkeit. Wie sie jeden Schnipsel umdreht, den Inhalt ihrer Geldbörse ausschüttet, die Brieftasche ausräumt: Paß, Ausweis, Kreditkarten. Nichts davon gelangt in ihr Bewußtsein außer dem Zettel mit der Telefonnummer, der eben nicht da ist, auch nicht im Mantelfutter, nicht in der Brusttasche der Hemdbluse, wo sie sowieso nie etwas hinsteckt.

Als sie alles durchhat, fängt sie von vorne an, während ihre Gedanken das Gespräch zerpflücken, das dabei immer verworrener wird. Wann hat Vera ihr den Zettel gegeben? In welchem Zusammenhang? An welchem Ort? Hat sie ihn überhaupt gegeben oder nur geschrieben? Wollte sie ihn geben? Oder war das »come to see me« nur eine der üblichen Floskeln britischer Höflichkeit? Ist sie überhaupt britisch?

Wie leicht Vera die deutschen Worte von der Zunge gingen! Ausflug, Flucht, Zugvogel, ich kenne den Laden ... Und was hat sie gemeint, als sie sagte, sie sei nicht »echt«. Da war sie schon in den Zug gestiegen, und Elisabeth Götte versuchte, zum Abschied etwas Nettes, Freundliches zu sagen: Vera sei die erste Engländerin, mit der sie »richtig« hätte reden können.

But I'm not British, hat Vera vom Fenster heruntergerufen, not the way your Pearls are – nicht echt!

Der Zug war schon in Bewegung, und das letzte, was sie von Vera sah, war ein maliziöses Lächeln hinter der schmutzigen Scheibe, als wollte sie sagen: Jetzt denk mal scharf nach, meine Liebe!

Und warum ist ihr das Wort »Flucht« auf die Nerven gefallen? Ist sie vielleicht selbst einmal geflohen, unter ganz anderen Umständen, aus ganz anderen Gründen?

Ich muß sie anrufen, denkt sie, und fängt wieder an, in ihren Taschen herumzuwühlen, Gegenstände umzudrehen und auszuschütteln, hält erst inne, als die dicke Hand des Wirtes wie ein rohes Schnitzel dazwischen gerät: What do you want to drink?

Elisabeth Götte kämpft um Konzentration. Was trinkt man im Pub? Sie hat einiges darüber gelesen, allerdings meist von irischen Autoren, die offenbar den größten Teil ihrer Tage im Pub verbringen. »I liked the taste of beer, it's live, white lather, it's brass-bright depths ...«

Beer! ruft sie dem Wirt nach, der schon auf dem Rückweg ist und über die Schulter zurückruft: Guinness?

Okay, sagt sie, obwohl Dylan Thomas, soweit sie sich erinnert, von Welsh Bitter gesprochen hat.

Das erste Glas trinkt sie schnell, gegen den Durst und die Peinlichkeit, als einzige Frau in einem Männerpub zu sitzen, das zweite gegen den Schmerz um den verlorenen Zettel, das dritte gegen die deutsche Geschichte, die einem immer wieder Knüppel zwischen die Beine wirft.

Anyway, sie wird Vera nie wiedersehen, nie erfahren, wie die deutschen Worte auf ihre Zunge geraten sind, es sei denn, sie käme auf die Idee, bei den Pearls anzurufen, aber dann wird Elisabeth Götte schon abgereist sein, morgen oder übermorgen, vielleicht auf die Halbinsel Dungeness, diesen Geröllhaufen und Atommeilerstandort unter dem schneidenden Seewind, aus dem Jarman einen Garten gemacht hat.

That's art, hat Vera gesagt, rearranging trash again and again and again ...

Wollte sie mir beibringen, daß jede Zeit mit ihrem eigenen trash fertig werden muß, auch die Kunst, die eben nichts Eigenes, Persönliches, Originelles ist, sondern eine je besondere Art des Umgangs mit dem vorgefundenen Schutt?

Mag sein, daß ich von gestern bin, sagt sie zu Vera, die rauchumwölkt auf der anderen Seite des Tisches sitzt. Aber Sprache ist auch von gestern. Sie besteht nicht aus festen Gegenständen, die man umfunktionieren kann wie die Stahlspiralen, die einmal Panzersperren gestützt haben und nun als Rankhilfe für die Pflanzen in Jarmans Garten dienen. Das Material der Sprache ist fließend, tönende Luft, Worte, die in den Zusammenhängen ihrer Epochen so oder so gebraucht wurden und werden. Die Geschichte ihres Gebrauchs schleppen wir mit uns durch die Jahrhunderte, auch Lüge, Mißbrauch, Schindluder. Und irgendwann wird es zuviel. Dann kippt die Sprache um wie ein Meer, das zuviel Gift geschluckt hat. Kann sein, daß verschiedene Menschen das Umkippen zu verschiedenen Zeiten erleben. Für mich ist es passiert. Ich habe versucht, in einer anderen Sprache unterzukommen. Und nun bist du gekommen, sprichst diese Sprache so schön, so perfekt, wie man sie nur auf den alten Colleges lernt, und gebrauchst sie, um ebendiese Sprache zu diffamieren.

Woher die Wut? Hast du sie auch einmal geliebt, wie ich die meine? War sie das Haus, in dem du gelebt hast, dein Dach überm Kopf, dein Boden unter den Füßen? Ist dein Scherbengericht eine sublime Art der Selbstzerstörung? Bei der, ganz nebenbei, ein Bild kaputtgeht, an dem ich mich eine Weile festgehalten habe.

Du magst meine Bilder nicht, stimmt's? Irgendwann, als das Thema Schule und Literatur längst erledigt war, hast du von drei Sorten Bildern gesprochen, solche, die man mit offenen Augen sieht, solche, die man mit geschlossenen Augen sieht, und eine dritte Art, in der beides zusammenkommt: die Wirklichkeit, wie sie jetzt ist, und die Bilder von dem, was sie sein könnte (das Richtige im Falschen; das Mögliche im Gegebenen). Das wäre die Art von Bildern, in denen Literatur und Leben einander berühren und bewegen könnten. Sollte das eine Lehre sein oder ein Vorwurf, daß ich, als Lehrerin, an meinen Schülern vorbeigeredet hätte, weil ich nur meine eigenen Bilder gesehen hätte, nicht was vor Augen war?

Mag sein, daß du recht hast: ich sehe nicht viel. Aber ich bin nicht taub. Kurz vor meiner Abreise bin ich in einem Vorortzug gefahren. Im Karree nebenan saßen Schüler zwischen dreizehn und fünfzehn. Ihre Stimmen verursachten einen Lärm aus zerhackter, zu Klumpen geballter Sprache, keine Sätze, keine Mitteilung, sinnlose Kombinationen aus einzelnen, immer wiederkehrenden Worten und Geräuschen, wie sie das Fernsehen produziert, Geschosse, mit denen sie einander bombardierten. Verständigung konnte nicht stattfinden, war auch nicht vorgesehen. Keiner hörte zu. Der Lauteste, Dümmste behielt das Feld. Dazu das Gerangel mit Armen und Beinen, immer die Faust, immer der Tritt, gelegentlich auch gegen die Schienbeine von Mitreisenden, die Koffer und Taschen durch den Mittelgang schleppten und grimmige Blicke warfen, nichts sagten, keinen Ton, aber in ihrem Kopf dröhnte und grollte der Zorn: Diese Jugend! Kein Anstand, keine Disziplin, kein Gehorsam! Beim Hitler hätte es so etwas nicht gegeben. Die sollte man mal ... Und die Dame mir gegenüber warf Blicke, die ich nicht erwiderte, Nasenflügel gebläht vor Ekel, weil sie mit diesem Plebs ein Stück weit zusammengesperrt war. Sie beklagte sich beim Schaffner, der grinste und sich verdrückte. Wollte sich mit denen nicht anlegen, hatte schlimme Erfahrungen gemacht. Dazu mein schlechtes Gewissen: Was machen wir Lehrer falsch, daß unsere Schüler nicht sprechen lernen? Mein Gezitter an jeder Station, daß ein Ärgernis einsteigen könnte, womöglich ein Schwarzer mit weißer Freundin. Wenn dann die Jungen zu pöbeln anfangen und die Alten zum Fenster hinausschauen, werde ich aufstehen, dazwischengehen, ich, mit meiner Angst vor Gewalt?

»Diese ungeheure Brutalität«, hat Ingeborg Bachmann über den Einzug deutscher Truppen in Klagenfurt geschrieben, »das Brüllen, Singen, Marschieren. Das Aufkommen meiner ersten Todesangst.«

Ich muß das hören, verstehst du? Alles! Das Gesagte und das Ungesagte und den Lügenschleim, der es verklebt, und das Vergangene, das darin brütet. Das ist meine Krankheit, mein Tinnitus, eine Art Loch im Ohr, in das der ganze Abfall hineinfällt ...

Dabei ist überhaupt nichts passiert, nicht wie an meinem vornehmen Gymnasium, in dem die Klasse einen Schüler durch Psychoterror zur Verzweiflung getrieben hat, während ich mit ihr »Andorra« probte. Hier, in diesem Waggon, war alles da, was dieses Stück anprangert, so dicht, daß es mir den Atem verschlug: die deutsche Mischung aus Wut, Angst, Brutalität, Feigheit, Opportunismus, Dünkel, schlechtem Gewissen, schlechter Laune.

Es sind ja nicht speziell diese Jungen, diese Alten, diese Soldaten in Klagenfurt. Die sind nur die schwachen Stellen, die Löcher, wo es herauskann, was im Untergrund schwelt, mehr oder weniger dicht unter einer mehr oder weniger brüchigen Oberfläche, mehr oder weniger effektiv unterdrückt, kontrolliert, integriert in Formen der Wirtschaft, der Verwaltung, des Umgangs mit den Schwachen, in denen es, mehr oder weniger geschickt getarnt, seine Lust zum Niedermachen austobt, brachial, verbal, institutionell ...

Ob ich glaube, daß es in England besser ist, fragtest du? Ich weiß es nicht. Jedenfalls ist es anders, und das genügt mir, for the time being ...

Sie nimmt einen Schluck aus dem Glas, das wunderbarerweise wieder gefüllt vor ihr steht. Mit dem dunklen Getränk, das ölig ihre Kehle hinabrinnt, sinken die erregten Gefühle ab und bilden einen Bodensatz von Abschiedssentimentalität, fast Heimweh; als hätte sie die Pearls schon verlassen und sähe sie von weitem ihre Kreise ziehen: Mrs. Pearl mit der nice hot cup of tea auf ihrem Unendlichweg zwischen Herd und Kamin; der Professor mit wehendem Weißhaar in seinem Volvo Dienstag morgen hin, Donnerstag abend zurück, und keiner fragt, wo er hinfährt, wo er sich aufhält am Tage, wo er schläft in den Nächten. Oder schläft er gar nicht? Wandert er nachts durch Fellows Garden? Sitzt er auf der Bank, deren Aussicht er freigeräumt hat, um den River Cam fließen zu sehen? Schreibt er, Heft oder Block auf den knochigen Knien, an seiner letzten Arbeit, die Naturwissenschaft, Philosophie, Religion zu einem sinnvollen Ganzen verbinden soll? Steuert er seinen Volvo blind in irgendeinen Abgrund, weil ihm mit dem Arbeitsplatz in der Scientific community auch der Sinn dieser Arbeit abhanden gekommen ist? The worst of the worst – Jeremy hat es mir sagen wollen, ganz am Anfang, aber ich, sagt sie zu Vera, ich habe nichts begriffen. Hast du deshalb immer wieder gesagt: You must see?

Keine Antwort. Als sie genauer hinschaut, ist der Stuhl auf der anderen Seite des Tisches leer. Nur der Rauch der Zigarillos schwebt in bläulichen Lagen unter der Lampe.

Ich fürchte, ich bin ein bißchen betrunken, murmelt sie, rafft die auf dem Tisch ausgebreiteten Gegenstände zusammen, stopft sie in ihre Tasche und geht, vorsichtig die Füße auf schwankenden Boden setzend, zum Tresen.

Please call me a taxi, sagt sie zum Wirt. I've got to go to the bus-station.

A taxi for what? Gemächlich streicht er die Münzen ein, geht mit ihr zur Tür und weist mit dem Kinn die Straße entlang. Da liegt, strahlend erleuchtet, ihre Busstation, etwa fünfzig Meter weiter. Der Bus steht schon da.

Verwirrt schaut sie sich um. So weit ist sie gegangen. So lang war sie unterwegs. Es ist ihr, als hätte sie ein Stück Leben verloren. Sie möchte den Wirt nach der Zeit fragen, aber er ist schon wieder hineingegangen. Mit einem tiefen Atemzug zieht sie die Nachtluft in sich hinein, dann läuft sie, obwohl der Fahrer noch neben dem Bus steht und ihr grinsend entgegenschaut. No hurry, darling. Watch your step!

Das Hoflicht brennt. Jeremy steht in der Ausfahrt wie ein Stelzenvogel im Schilf, lange Beine in Jeans, aufgeplusterter Anorak, kleiner Kopf schräg auf dünnem Hals, lauscht, wartet. Auf mich? Kurze Freude, schon erloschen, als sie sein Gesicht sieht. Natürlich wartet er auf seinen Vater. Wann hätte er je auf einen anderen gewartet? Sie möchte vorbei, möglichst nicht reden, sofort ins Bett. Aber er läßt sie nicht, erregt sich über die Verspätung des Busses, von der sie gar nichts gemerkt hat. Ob es einen Aufenthalt auf der Strecke gegeben habe. Vielleicht ein Unfall im Nebel?

Don't ask me. I was sleeping, sagt sie.

Please try to remember, fleht er, there must be a reason for the delay.

Widerwillig lenkt sie ihre Gedanken zurück. Irgendwann während der Fahrt war es kalt geworden. Der Fahrer hatte das

Fenster hinuntergedreht und mit einem Mann auf der Straße gesprochen.

Police?

Maybe. I didn't look. After a while the bus moved on.

Where was it? Which part of the route? Did you see warning-lights, barriers, ambulance? What did the driver say to the man outside?

Stop pestering me! fährt sie ihn an. What's haunting you anyway? Your father is not on the road. It's Wednesday, not Thursday!

Ein Augenblick Stille, in dem sein Atem und das Radio in der Küche laut wird. Mrs. Pearl ist in die offene Tür getreten.

Please try to remember! sagt er noch einmal.

Let me think! sagt sie. Maybe there was a bridge. The driver said: Some lunatic missed the bridge. But I'm not sure. Could have been a dream …

Das hört er nicht mehr, rennt die Auffahrt hinunter, springt in den Wagen, setzt mit heulendem Motor zurück, schaltet krachend, braust an ihr vorüber, so dicht, daß sie sich in die Hecke drängen muß.

Idiot! schimpft sie hinter ihm her und beißt sich auf die Lippen, weil Mrs. Pearl ihr einfällt. Wie, um Himmels willen, soll sie ihr den dramatischen Aufbruch erklären? Auf dem Weg durch den dunklen Garten legt sie sich passende Worte zurecht. That's Jeremy, wird sie sagen, always assuming the worst of the worst, only because the bus was late. That's not unusual, you know, happens from time to time. Nothing to worry about. Maybe your husband decided to avoid driving at night. There was some fog on the road. He'll come tomorrow morning, I'm sure. He did so several times …

Er könnte anrufen, denkt sie, während sie durch den dunklen Garten geht, die erleuchtete Küchentür vor Augen wie damals, beim ersten Mal, als die helle Stimme ihr entgegenkam. How about a nice hot cup of tea? Warum ruft er nicht an?

Plötzlich weiß sie, daß das ganze Trostgeschwätz nichts ausrichten wird gegen das qualvolle Warten, die Angst, das Schweigen ...

Zum Teufel mit Diskretion und Distanz! I know how you feel! wird sie sagen und die kleine Frau fest in den Arm nehmen, den grauen Kopf auf ihre Schulter ziehen und streicheln, das spärliche Haar, das schon lange keine Frisur mehr hält. I know how you feel. Let's wait together ...

Aber die Küche ist leer. Die Unruhe eines plötzlichen Aufbruchs hängt noch in der Luft, der Stuhl vom hastigen Aufstehen verrückt, der Tee in der Tasse noch heiß, die Tür zum Kaminraum halb offen. Elisabeth Götte, in einem großen Anlauf gestoppt, steht mit hängenden Armen zwischen Herd und Tisch.

Endlich gibt sie sich einen Ruck, läuft mit kleinen harten Schritten in der Küche herum, räumt die Tasse in den Ausguß, rückt den Stuhl zurecht, stellt das zirpende Radio ab, löscht das Licht. Im Dunkeln geht sie zur Treppe, lauscht nach oben, wo es auch dunkel ist, wo Mrs. Pearl vielleicht im Dunkeln steht und lauscht wie sie.

Good night, Mrs. Pearl, sagt sie laut. Keine Antwort. Das Schweigen des Hauses legt sich auf ihre Brust und wächst wie eine erstarrende Masse um sie herum, immer enger, immer kälter. Ich muß fort, denkt sie. Wenn ich mich jetzt nicht bewege, werde ich mich nie mehr bewegen – Elisabeth Götte aus Deutschland, der ideale Gast, nice, decent, correct, ständig bemüht, die Regeln des Hauses einzuhalten, bis nichts mehr von ihr übrig ist als ein Schatten im ersten Sessel links vom Kamin: our German friend ...

Why do you stick with those fossils? hatte Vera gesagt.

Im Dunkeln stolpert sie durch den Kaminraum, wischt ein paar Bücher vom Tisch, stößt an die Standuhr, die einen schwirrenden Ton von sich gibt. Lärmend zieht sie in ihrer Kammer den Koffer unter dem Bett hervor, wirft wahllos Sachen hinein, Wäsche, Pullover, Bücher, zuletzt den Bildband über Zigeunerwagen, den sie dem Professor zum Geburtstag schenken wollte. Tränen auf ihrer Wange, was sie noch wütender macht.

Als Jeremy zurückkommt und in der Küche zu telefonieren anfängt, wirft sie ihre Tür so heftig ins Schloß, daß das Haus erbebt. Kannst ruhig laut reden, hört keiner zu. Aber dann macht sie die Tür doch wieder auf, leise, weil sie hören will, wann er nach oben geht. Sobald die Luft rein ist, wird sie ein Taxi anrufen. Auch in der Nacht gehen Züge nach London, und wenn nicht, wird sie sich ein Hotelzimmer suchen. Wenn ich schon fremd bin, dann soll es auch so aussehen. Call it »a trip«, hatte Vera gesagt, ein Ausflug ... Vielleicht sollte ich nach Irland gehen. Böll hat Irland gemocht, auch er ein sprechender Mensch, wie ich ...

Als sie ihre Sachen im Bad zusammensucht, hört sie ein Schleifen auf der Treppe. Jeremy holt eine Matratze herunter. Er will sich offenbar in der Küche neben dem Telefon schlafen legen, um keinen Anruf zu verpassen. Keine Chance, unbemerkt zu telefonieren. Sie wird bis morgen warten müssen. Wer weiß, was morgen ist. Schon kühlt die schöne Wut sich ab. Die großen Entschlüsse verblassen. Schlafen?

Sie schaudert in der Kälte, die durch die undichten Fenster dringt. Fluchend versucht sie, die provisorische Dichtung fester in die Fugen zu stopfen, und hält plötzlich inne ...

Da ist es wieder, das Licht, blitzend wie ein gefallener Stern durch das entlaubte Gezweig. Jeremy kann es nicht sein. Er ist im Haus.

Sie starrt zum Wäldchen hinüber, bis ihre Augen zu tränen anfangen; und während sie schaut, schießen in ihrem Kopf die zerstreuten Eindrücke der letzten Zeit zusammen. Aus dem Nebel von Guinness und Hysterie hebt sich das Bild des alten Mannes, der im grellen Licht der Batterielampe an seiner letzten Arbeit sitzt, Nacht für Nacht in der herbstlichen Kühle, in dem feuchten modrigen Wagen, frierend, das merkt er gar nicht, wird sich den Tod holen, ohne es zu merken. Irgend jemand müßte ihn herausholen, nicht ich. Einer, der die richtigen Worte findet.

That's your chance, Jeremy!

Eine himmlische Ruhe breitet sich in ihrem Körper aus, während sie die Sachen zusammensucht, die sie braucht, um im Morgengrauen, wenn Rausch und Hysterie endgültig verflogen sind, hinauszugehen und nachzuschauen, ob sie richtig vermutet hat. Wenn es so ist, wenn das nächtliche Bild dem Tageslicht standhält, wird sie sehr leise, damit Mrs. Pearl nichts merkt, an Jeremys Lager treten und ihn auf die sanfteste Weise aufwecken: Come with me! I'll show you something. Bis zum Rand des Wäldchens wird sie ihn begleiten, dann muß er allein weitergehen, allein die Sprache finden, die seinen Vater erreicht.

Sie weiß, was er sagen sollte. Vielleicht wird sie unterwegs eine Andeutung machen, einen kleinen Stoß in die richtige Richtung: Der Zigeunerwagen! War das nicht ein alter Traum des alten Mannes? Das bewegliche Arbeitszimmer! Jeremy könnte versprechen, ihn für das nächste Frühjahr zurechtzumachen, trocknen, reparieren, dichten, bemalen, mit neuen Rädern versehen. Es wird ihm schon etwas einfallen, etwas Geniales, Provisorisches, permanent Reparaturbedürftiges, um das Ding zu beleuchten, zu heizen, durch die Gegend zu ziehen, dorthin, wo sein Vater sein möchte. Und Jeremy wäre dabei, Helfer und Stütze. Das hast du doch immer gewünscht. Also pack an! Morgen früh, nachdem du mich zum Bahnhof gebracht hast. Ich reise ab!

Elisabeth Götte ist schon unterwegs. Still und glücklich unter dem Federbett, das nicht mehr drückt, sieht sie Landschaften vorüberziehen, ein grünes liebliches England, das sie nie gesehen hat. Jetzt kannst du mir zeigen, was du mit der dritten Art Sehen gemeint hast, sagt sie zu Vera, die neben ihr sitzt. Jetzt bin ich frei, a bird of passage. Immerhin habe ich eine winzige Rolle im Spiel meiner Gastgeber gehabt, einen Dank hinterlassen, eine Feder verloren: Elisabeth Götte was here …

Aber der längste Tag ist noch nicht zu Ende. Es ist noch nicht Mitternacht, als das Haus zu schreien anfängt und schreit und schreit durch die verschiedenen Schichten von Schlaf, Traum, Verwirrung, bis sie begreift, daß es nicht das Haus ist, das schreit, sondern Mrs. Pearl, die sie noch nie schreien gehört hat, eine fremde, rauhe, aus Tiefen emporschießende Mrs.-Pearl-Stimme: Speak louder … I can't hear you … it's a bad line … What's the number? … Yes, Volvo, that's his car, but where …

Dann Jeremys Stimme: Yes … I know the place … but where is he?

Elisabeth Götte kerzengerade im Bett, Funkenschwärme vor Augen, die allmählich absinken.

I know where he is! schreit sie durchs Haus. Eine Tür schlägt, Schritte auf dem Plattenweg. Das Gartentor kreischt.

Wait! Let me show you! I know where he is.

Sie fährt in Schuhe und Mantel, greift die Taschenlampe, rüttelt an der Hintertür, die abgeschlossen ist, der Schlüssel am Nagel links über der Tür fällt ihr aus der Hand, klirrt zu Boden. Fluchend sucht sie im Dunkeln. Draußen springt ein Motor an. Sie findet den Schlüssel, schließt auf, fährt, geblendet vom Hoflicht, ins Freie, läuft, winkt, ruft, gerät zwischen die Steine, stolpert, stürzt, weiß mit dem Schmerzblitz, der ihren Körper durchzuckt, daß es passiert ist.

Was passiert ist, erfährt sie erst gegen Morgen, als der Arzt im Krankenhaus ihr die Röntgenaufnahme zeigt.

Der Tagesbetrieb in den Gängen kommt allmählich zur Ruhe. Schlaf- und Schmerztabletten sind ausgeteilt, die Patienten für die Nacht zurechtgemacht. Elisabeth Götte hat ihre Tabletten nicht genommen. Mit offenen Augen liegt sie in dem zellenartigen Raum, allein, aber wenn es notwendig ist, wird man ein zweites Bett hineinschieben. Bis dahin wird sie hoffentlich wieder auf den Beinen sein.

Vorläufig kann sie sich nicht mal umdrehen. Bei vorsichtigen Versuchen schmerzt die genagelte Hüfte. Wenn sie den Kopf aus dem Kissen hebt, kann sie den Herbstblumenstrauß sehen, der in einem Einmachglas auf der Fensterbank steht. Sie weiß, wo die Blumen gewachsen sind und von welchen Sträuchern die buntbelaubten Zweige gebrochen wurden. Der Überbringer habe nicht eintreten, nicht stören wollen, hat die Nurse gesagt, als sie den Strauß hereinbrachte – a very considerate young man. Als Elisabeth Götte sie hinterherschickte, um ihn zurückzuholen, war er schon aus dem Haus. Sie hat gewütet, soweit das in ihrem desolaten Zustand möglich war: Why didn't you make him come in? I must talk to him! Aber die Nurse kann nichts dafür. Er wollte es so. Typisch Jeremy!

Die Wut in ihrem zwangsweise ruhiggestellten Körper produziert eine ganze Serie blitzblanker deutscher Worte, die sie grimmig vor sich hin murmelt: Klarheit schaffen – richtigstellen – Augen öffnen – Star stechen – Faß aufmachen – Leviten lesen – Finger auf die Wunde – Pistole auf die Brust – Maske vom Gesicht – Katze aus dem Sack – reinen Tisch – klare Bahn – frank und frei – klipp und klar – frisch von der Leber – Warte nur, Bürschchen, dir werd ich's zeigen!

Mehrmals, in kategorischem Ton, hat sie nach einem Telefon verlangt. Nun endlich steht es neben ihr auf dem Nachttisch, zu spät für einen Nachmittagsanruf, zu früh für eins von Jeremys Nachtgesprächen. Noch sitzen sie am Kamin, plaudern über das Wetter, den Garten, das Fernsehprogramm, den Geburtstag ...

Tell me the truth! wird sie sagen. Hast du mich nicht gesehen, als ich aus der Hintertür schoß und dem Wagen nachlief? Das Hoflicht brannte. Deine Mutter hat sich beim Einsteigen umgedreht. Hat sie mich nicht gesehen, als ich über den verdammten Steinhaufen stolperte? Wenn sie mich gesehen hat, warum hat sie es dir nicht gesagt? Wenn sie es dir gesagt hat, warum hast du nicht gewartet, sondern bist mit viel Gas und kreischenden Reifen um die Ecke gebogen? Ich hatte etwas gesehen, was du nicht sehen konntest – ein Licht, das dir die angstvolle Suche nach dem Vater hätte ersparen können. Schaut im Zigeunerwagen nach! wollte ich sagen. Nichts weiter. War das schon zuviel? Mußte ich dafür bestraft werden, stolpern, stürzen, mir die Hüfte anknacksen, unter Schmerzen zum Telefon kriechen? Hast du Angst, ich könnte der Familie zu nahe kommen? Vielleicht den Respekt vor deinem Vater und seiner Arbeit verlieren? Seine Beziehung zum College in Zweifel ziehen? Was könnte dir das ausmachen, wenn du nicht selbst im Zweifel wärst?

Ich weiß mehr über die Colleges, als du denkst, zum Beispiel, daß sie so etwas wie einen rechtsfreien Raum darstellen, in dem gewisse Vorkommnisse, die den Ruf des Colleges beschädigen könnten, intern, unter Ausschluß der Öffentlichkeit, geregelt werden, sogar Verbrechen, sogar Mord! Könnte es sein, daß dein unfehlbarer Vater dieses Spiel nicht mitspielen wollte? Daß sie ihn deshalb aus dem inneren Kreis entfernen wollten? Was hast du gemeint, als du am Telefon sagtest: »My father would give his life for his college but not ...«

Ja, ich habe vor der Telefonzelle gelauscht an dem Tag, als der Fremde die College-Räume deines Vaters besichtigen wollte, aber was dein Vater nicht für sein College aufgeben wollte, habe ich nicht gehört. Könnte es so etwas wie Selbstachtung gewesen sein? Oder Gewissen? Oder Moral?

Mag sein, daß ich mir das alles nur einbilde. Aber solche Einbildungen würden gar nicht entstehen, wenn man einmal offen darüber reden könnte. Warum ist das bei euch nicht möglich? Für wen spielt ihr eigentlich Theater auf doppelter Bühne? Oben das Familienspiel, die schöne Ordnung, der unerschütterliche Tageslauf, das gepflegte Gespräch, der sichere Ort inmitten der heiligen Scientific community. Unten das Katastrophengeraune, bange Signale, wortlose Hilferufe … Red nicht drumrum! Sag einfach, wie es war, für dich, für euch. Ich mache euch keinen Vorwurf. Ich will es nur wissen. Um meinen Ort zu erfahren zwischen eurer und meiner Sprache.

»Our German friend« – so hat deine Mutter mich beim Wettbewerb vorgestellt. Was heißt das: friend? »One joined to another in intimacy and affection«, sagt der Little Oxford. Das kann es wohl nicht gewesen sein. Eher schon »hospitality« = »friendly reception of friend or stranger«. Irgendwo dazwischen liegt die Grenze, die man nicht überschreiten darf. Zeig mir die Grenze!

Als sie aufschreckt, ist der Reisewecker ein paar Stunden vorangesprungen, fast schon zu spät für den Anruf, und dann dauert es wieder, weil sie die Nummer nachschauen muß, die ihr in der Verwirrung entfallen ist, und noch eine Weile, bis er abhebt.

Oh it's you! Lovely to hear your voice! How are you?

Nothing to worry about, sagt sie. How is the family? Your father – is he all right? Where did you find him?

Why find him? He is here, safe in bed.

But Wednesday night, remember! There was an accident. The police called. You went out with your mother to look for him. I knew where he was. I wanted to tell you and fell …

Oh really?! I'm so sorry about your accident! What do the doctors say? Will you be able to come to father's birthday?

Er spricht noch, als sie den Hörer auflegt.

Als die Nurse kommt, um das Telefon abzuholen, lügt sie, daß sie vergeblich versucht habe, ein Telegramm nach Deutschland aufzugeben. Please do it for me! Den Text hat sie auf einen Zettel geschrieben: »Hatte einen Unfall, bitte holt mich nach Hause!«

Bei der Krankengymnastik am anderen Morgen weiß der indische Masseur schon Bescheid. You want to go back to Germany? What about my German lessons?

I don't know, sagt sie. I'm afraid of going home and afraid to stay here ...

In this case you'd better postpone your decision until you can use your leg, sagt er auf seine umständliche Weise. I could help you with walking and you could help me with my German. Is that a deal?

I'll think about it, sagt sie.

Elisabeth Götte kann wieder auf ihren Füßen stehen, sogar ein paar Schritte gehen. Sie tut es allerdings langsam und ohne besonderen Eifer, als hätte sie vergessen, daß das tägliche, ausschweifende Gehen ihr einmal lebensnotwendig erschienen war. Jetzt geht sie nur, wenn es absolut notwendig ist – zum Waschbecken, zum Schrank, ins Bad. Die Gehhilfen, die man ihr zur Verfügung gestellt hat, verschmäht sie, hangelt sich lieber an Wänden und Möbeln entlang. Auf dem Gang sieht man sie nie. Offenbar hat sie kein Bedürfnis, ihre Umgebung kennenzulernen oder mindestens ihre Gehfähigkeit zu trainieren, um bald wieder aufrecht ins Leben treten zu können. Worauf wartet sie?

Ermahnungen wirken nur kurzfristig. Wie ein Ball, der nur so weit rollt, wie der äußere Antrieb reicht, dann liegenbleibt oder mittels Schwerkraft ins Tiefere rollt, landet sie nach kurzen Ausflügen immer wieder in dem schmalen Krankenhausbett, das die Nurse auf ihre Bitte gedreht hat, damit sie das Fenster im Blickfeld hat. Ein paar Bücher stecken zwischen Matratze und Bettumrandung. Im Zwischenfach des Nachttischs liegen zwei verschiedenfarbige Mappen mit losen, teils beschriebenen, teils leeren Blättern. Manchmal liest sie darin oder kritzelt ein paar schnelle Notizen. Meist sitzt sie, gestützt von Kissen und dem hochgestellten Kopfteil des Bettes, dem Fenster zugewandt, hinter dem sich die Baumkronen des Krankenhausgartens allmählich entblättern. Weder ein Anruf aus Deutschland noch die Information, daß sie ihr Zimmer womöglich mit einer anderen Unfallpatientin teilen muß, entreißen sie ihrer Lethargie. Man könnte meinen, daß sie sich in einer tiefen Depression befinde, aber dem widerspricht die freundliche Laune, die ihr die Sympathien des Pflegepersonals gewinnt.

Sie ist eine angenehme Patientin ohne Beschwerden und Sonderwünsche. Selbst die vom Dauerstreß geplagte Stationsschwester streckt gelegentlich den Kopf zur Tür herein, um ein Lächeln mit ihr zu tauschen. Eine Patientin von nebenan – gelernte Friseuse – kümmert sich um ihre Haare, die vom Liegen so unansehnlich geworden waren, daß sie sie eigentlich abschneiden wollte. Aber das hat die Friseuse nicht zugelassen: It would be a shame, such wonderful hair, natural colour, natural curls ... Nach dem Waschen türmt sie sie zu einer kunstvollen Frisur, die Elisabeth Götte allein nie zustande brächte. Die am Hinterkopf zusammengefaßte rotblonde Lockenfülle, das Gekräusel in der Stirn und neben den Schläfen hinab heben die Blässe und Zartheit ihres Gesichtes hervor. Wie von einem französischen Impressionisten gemalt, schaut es ihr aus dem Handspiegel entgegen – ein wenig elegisch, ein wenig frivol, empfindlich für wechselnde Stimmungen, die wie Wolkenschatten darüber hinziehen. Den leichten, zur Magerkeit tendierenden Körper verbirgt sie unter den Falten eines seidenen Kimonos, den sie bei den Pearls nie getragen hat, weil er für diese Umgebung zu kostbar war und morgens zu kühl auf der Haut. Wenn die Nurse sie so sitzen sieht, kräuseln sich ihre schmalen Lippen zu einem Lächeln, das wortlos sagt: Mr. Henry coming! Und so ist es.

Der Inder kommt vormittags zur Massage und Krankengymnastik, und manchmal schaut er am Abend noch einmal herein, um ihr eine gute Nacht zu wünschen. Wenn es ihr dann gelingt, seine Schüchternheit zu überwinden, tritt er mit wortreichen Entschuldigungen ein, setzt sich auf den einzigen Stuhl am Fenster, legt die schmalen Füße in den makellos weißen Socken auf die Heizung, den Kopf mit geschlossenen Augen gegen die im Nacken verschränkten Hände, als wäre dieser unbequeme Stuhl und Elisabeth Göttes Gesellschaft der ideale Ort zum Ausruhen nach einem anstrengenden Tag, obwohl doch er es ist, der die Ruhe mitbringt, soviel davon, daß auch sie daran teilnehmen kann.

Sie genießt diese schläfrigen Augenblicke, in denen sie seine sanfte, geschmeidige Schönheit in Ruhe anschauen kann, ohne ihn zu irritieren. Es gefällt ihr, daß seine Kraft nicht in Erscheinung tritt – keine Muskelklöße an den Oberarmen, kein athletisches Muskelspiel, Bewegungen leicht und geschickt, stößt nicht an, schmeißt nichts um, macht keinen Lärm. Was er auch tut, geschieht ohne Eile und Anstrengung, auf dem kürzesten Weg, mit dem geringsten Aufwand. Und leise! Seine Haut von sanftem Milchkaffeebraun umschließt seine Züge so dicht, daß nichts, was innen passiert, als Verzerrung, Pickel, Falte, Entzündung, Rötung nach außen tritt. Sie fragt sich, ob ein weißhäutiges Gesicht jemals so schön sein könnte wie das harmonische Ensemble von Nase, Mund, Kinn, Stirn um die feuchte, wimpernbeschattete Finsternis der Augen, deren Blick sie eigenmächtig mit Melancholie ausstattet, was eher ihrem romantischen Bedürfnis als seinem Wesen entspricht, von dem sie nichts weiß.

Nach seinen Reden zu urteilen ist er von ausgeglichener Gemütsart, ein ruhiger Mensch mit ruhigen, immer warmen, immer trockenen Händen, die sie mit Rührung an Jeremys fahrige Hände denken lassen, die auch schön sind, aber mit ihrem bläulichen Weiß, den abgebissenen Nägeln, den Entzündungen der malträtierten Nagelhaut an mütterliche Instinkte des Schützens und Wärmens appellieren. Mr. Henrys Körperlichkeit läßt solche Instinkte unbehelligt. Das Entzücken, das seine Erscheinung ihr bereitet, ist still und wunschlos – eine Augenweide, die sie gemächlich abgrast und zufrieden verläßt, wenn er die Augen aufschlägt und in der Haltung höflicher Aufmerksamkeit sein Pensum an Befindlichkeitsfragen absolviert – eine Formalität seines Berufes, die er rasch hinter sich bringt, um zu der Gesprächsform zu kommen, die er »deutsche Konversation« zu nennen beliebt.

In Wirklichkeit ist es fast ausschließlich Elisabeth Götte, die langsam und deutlich Deutsch spricht. Er selbst bringt nur selten einen vollständigen deutschen Satz heraus. Meist verfällt er nach ein paar mühsamen Worten in sein seltsames Englisch, das zwar fließend herauskommt, aber sich gar nicht wie Englisch anhört. Sie sollten Deutsch sprechen, das sei die Abmachung, hat sie ihn anfangs ermahnt, aber nichts erreicht als Stammeln und Verstummen. Inzwischen glaubt sie nicht mehr so recht an die drei Deutschkurse, die er angeblich absolviert hat, das heißt, einerseits glaubt sie daran, andererseits nicht – eine ungewohnte Haltung für jemanden, der gewöhnlich auf Entweder-Oder besteht.

Seit Mr. Henry in ihr Leben getreten ist, hat sich in ihrem Bewußtsein ein Dämmerland aufgetan, in dem sie etwas verlegen herumsteht, während er völlig unbefangen Geschichten aus seiner indischen Kindheit erzählt, die mit ihren Informationen über das moderne Indien ganz und gar unvereinbar sind.

Im Palast eines märchenhaft reichen Radschas sei er aufgewachsen als Milchbruder und Gefährte des einzigen Radscha-Sohnes bei Elefantenritten, Tigerjagden, Wallfahrten, phantastischen Tempelfesten, wie es sie nur im echten, im wahren, für Touristen unerreichbaren Indien gebe.

Don't listen to Mr. Henry! hat die Nurse sie gewarnt. Er sei in England geboren und nie in Indien gewesen, Miss Götte solle sich doch mal seinen Paß zeigen lassen, just for fun. Aber von dieser Art fun will Elisabeth Götte nichts wissen. I trust him, sagt sie mit einer trotzigen Bestimmtheit, die die Nurse das Schlimmste befürchten läßt.

Tatsächlich ist Verführung im Spiel. Wenn sie sich in Mr.

Henrys weitschweifigen, in allen Farben der Sehnsucht prangenden Geschichten verliert, spürt sie hinter seinem spärlichen Englisch die andere Sprache und die Kultur, aus der sie hervorgewachsen ist. Mythen und Bilder, die im europäischen Bildungsgut, also auch in Elisabeth Göttes Gedächtnis konserviert sind, bekommen Farbe und Leben. Sie erfährt eine fremde, faszinierende Art, Welt und Zeit, Leben und Tod wahrzunehmen, zu nennen, anzuordnen in Mustern, die von Wahrheitsfragen nicht zu erreichen sind. Sie hört ihm zu, wie sie einem Teppichknüpfer zuschauen würde, begierig auf die Bilder, die sich nach und nach aus dem Verlauf verschiedenfarbiger Fäden entwickeln, eins in das andere übergehend in Wiederholungen, Variationen, Übertreibungen. Noch luxuriöser das Leben im Radscha-Palast, noch prächtiger die Feste, noch gefährlicher die Jagden, noch gewaltiger der Elefant, der, geleitet von dem winzigen Knirps in seinem Nakken, durch den Dschungel stampft. Dieser Knirps – Mr. Henry zu der Zeit, als er noch Girija hieß – taucht in allen Bildern auf, ein mutiges Bürschchen, mager und wendig, hilfreich seinen Freunden, gefährlich den Feinden, Herr und Meister des Elefanten, der auf seinen Befehl Lasten trägt und Gegner zertrampelt.

Wie Musik zum Tanzen reizt, so setzen Mr. Henrys Geschichten das Gestaute in Elisabeth Göttes Kopf in Bewegung. Auch sie möchte solche farbigen, üppigen, ausschweifenden Geschichten erzählen, aber ihre Kindheit gibt dergleichen nicht her. Blaß, karg, reglementiert kommen sie ihr vor, als seien sie im Kopf bereits vorgeordnet mit Einleitung, Steigerung, Höhepunkt, Schluß und einem zumindest angedeuteten Sinn. Sie greift auf Träume zurück und stellt fest, daß sie fast alle mit der Schule zu tun haben:

Wie sie zum Klang des Schulgongs durch verworrene Gänge irrt, ihre Klasse sucht, Türen aufreißt, in fremde Gesichter blickt ...

Wie sie an einem überdimensionalen Tonbandgerät herumfummelt, um den unerträglichen Ton abzustellen, und nicht zurechtkommt mit Knöpfen und Hebeln, nach dem Schüler ruft, der ihr in solchen Fällen beisteht, keine Antwort bekommt, nur dieses widerliche Flüstern ganz nah am Ohr: Ja, wissen Sie denn nicht, verehrte Kollegin, was in Ihrer 10b los ist?

Lauter Angstträume! sagt sie vorwurfsvoll zu Mr. Henry, als sei er dafür verantwortlich. Dabei habe ich nie Angst vor der Schule gehabt, keine Disziplinschwierigkeiten, keine Krisen, die das Eingreifen des Direktors nötig gemacht hätten. Kann sein, daß ich den Kollegen manchmal lästig geworden bin mit meinen Theater- und Hörspielgruppen, den Lesekreisen und Schreibwerkstätten, mit meiner Manie, unter Bergen von Medienmüll den einzelnen Schüler herauszuschaufeln, seine Gedanken, Bilder, Worte, Träume. Aber in kritischen Situationen sind sie doch immer auf mich zurückgekommen: Die Göttin schafft das schon, hieß es. Sie hat ihre Geheimrezepte. Ich habe meine Fächer geliebt, das war mein Geheimrezept, vor allem deutsche Sprache und Literatur. Und diese Liebe war offenbar ansteckend, nicht für alle, aber einige waren in jedem Jahrgang dabei. Die zu entdecken, zu begeistern, zu ermutigen – das war meine Arbeit. Jede Stunde ein Abenteuer: klappt es oder klappt es nicht? Natürlich gab es Enttäuschungen, aber auch Momente des Gelingens, des Glücks ...

Sie schaut Mr. Henry an, der nickt und schweigt und wahrscheinlich an die Zigaretten denkt, die er in seiner Kitteltasche verwahrt, aber natürlich im Krankenzimmer nicht rauchen darf.

Wegen mir können Sie sich ruhig eine anstecken, sagt sie. Ich hab's schließlich nicht an der Lunge, sondern an der Hüfte, und in meinem Literatursalon wurde auch geraucht.

Oh no! sagt er mit einem erschrockenen Blick zur Tür. Ein vorsichtiger, sogar ängstlicher Mensch ist aus dem mutigen kleinen Elefantenreiter geworden, denkt sie. Aber dann sagt er doch etwas, was beweist, daß er zugehört und verstanden hat:

You seem to have been very happy, very successful in your profession. Why did you run away?

Darüber mag ich nicht sprechen, sagt sie. Aber das tut sie natürlich doch, wenn auch nicht am gleichen Tag.

Weglaufen sei nicht das richtige Wort, erklärt sie bei seinem nächsten Besuch. Sie habe ein Sabbatjahr beantragt – eine Möglichkeit, die manche Kollegen alle paar Jahre in Anspruch nähmen, zur Weiterbildung oder aus gesundheitlichen Gründen, und in gewisser Weise seien es auch bei ihr gesundheitliche Gründe gewesen, eine krankhafte Veränderung des Gehörs, nicht zur Schwerhörigkeit hin, eher umgekehrt. Sie sei sogar zu ihrem alten Hausarzt gegangen, der sie von Kind auf kenne, habe ihm von dem »bösen Ton« erzählt, der das auffälligste Symptom ihres veränderten Hörens gewesen sei: ein Pfeifen oder Sirren am äußersten Rand der Hörbarkeit, manchmal sogar drüber weg auf Fledermausfrequenzen, so dünn, so hoch – ein haarfeiner Zahnarztbohrer, ein Silberfaden quer durchs Hirn gezogen. Dem Arzt sei das nichts Neues gewesen: Ohrgeräusche, Tinnitus. Etwa vierzig Prozent der deutschen Bevölkerung leide daran. Man könne mit Medikamenten oder mit Psychologie dagegen vorgehen. Die Heilungsaussichten seien gering, die Ursachen ungeklärt. Nennen wir's eine nervöse Störung.

Sie habe dem Arzt gesagt, daß ihr böser Ton nicht von innen, sondern von außen gekommen sei, und zwar in der Schule, bei einem ganz bestimmten Vorfall, über den sie nicht sprechen wolle. Aber das sei nur der Anfang gewesen. Der Horror sei später gekommen, als sie, geschlagen mit diesem neuen schrecklichen Hören, durch die Straßen geirrt sei, alles habe aufnehmen müssen, was sie ihr Leben lang überhört habe. Und der böse Ton sei immer dabeigewesen.

Der Arzt habe ihr einen mitleidigen Blick zugeworfen, als hielte er sie für ein bißchen verrückt. Glücklicherweise kenne er sie praktisch seit ihrer Geburt und wisse, daß sie schon als Kind intensiver in der Einbildung als in der Wirklichkeit gelebt habe. Und nun solle sie nicht mehr als einsamer Lauscher unter den Menschen herumschleichen, sondern die Tabletten schlucken, die er ihr verschreibe, und im Gespräch mit guten Freunden die eigene Befindlichkeit für eine Weile vergessen.

Als ob ich das nicht versucht hätte! sagt sie. Tag für Tag um die Mittagszeit habe ich in dem Café gegenüber der Schule gesessen und auf meine Schüler gewartet, um sie abzufangen und ihnen bei einem Milchkaffee zu erklären, warum ich nicht mehr unterrichten kann, nicht Deutsch jedenfalls, schon gar nicht Literatur. Und dann kamen sie vorbei, schwätzend, lachend, ihre jungen Gesichter so frisch, so unschuldig, obwohl sie doch alle an der Sache beteiligt waren oder davon gewußt hatten. Ich hatte die Hand schon gehoben, um an die Scheibe zu klopfen, aber dann ließ ich sie wieder sinken. Wie hätte ich ihnen erklären sollen, was mir angst macht, wenn sie es selbst nicht hören.

Es war ein Gefühl wie Ersticken, sagt sie, schaudernd bei der Erinnerung. Ich kam mir vor wie eine von diesen komischen Enten, die aussehen, als könnten sie jeden Moment umkippen. Indische Laufenten nennt man sie und hält sie im Garten, damit sie die Schnecken fressen, und das tun sie auch, und ersticken am Schleim, wenn nicht genug frisches Wasser da ist, um ihn hinunterzuschwemmen.

Hören Sie mir überhaupt zu? fragt sie Mr. Henry, der träumend zum Fenster hinausschaut. Ich langweile Sie, nicht wahr? Wie sollten Sie mich verstehen. Sie wissen ja nichts von mir.

Mr. Henry holt seinen Blick zurück und heftet ihn auf seine Hände, die locker auf seinen Knien liegen. You get your information by listening to words and reading books, sagt er. I get my information by touching skin.

Und was teilt meine Haut Ihnen mit?

It tells me that you have been wounded and that the wound is healing. That makes it burn und itch.

Er zieht seinen Stuhl näher ans Bett und fängt an, ihre Füße zu massieren.

Mr. Henrys Umgang mit ihrem Körper gibt Elisabeth Götte ein Wohlgefühl, das sie selten im Leben und nie auf Dauer gekannt hat. Aus seinen Händen empfängt sie Nachrichten von Körperteilen, die sie bisher wenig beachtet hat. Zum Beispiel teilen sie ihr mit, daß sie hübsche, junge, quasijungfräuliche Füße hat (obwohl sie schon ein paar Jahrzehnte darauf herumläuft), wohlgeformte Zehen, die wie Perlen an einer Kette nebeneinanderliegen, gewölbte Sohle, schmaler Spann, aus dem ein zierlicher Knöchel wächst, umgeben von einer Haut so weiß und zart, daß der Lauf bläulicher Adern durchscheint, ohne hervorzutreten. Wenn er ihre Füße nach erfolgter Massage behutsam aufs Bett niederlegt, ist es, als mache er ihr die eigenen Füße zum Geschenk: Sieh mal, was ich dir mitgebracht habe! Über seinen gesenkten Nacken hinweg, der in dem braunen Streifen zwischen Haar und Kittelkragen von einer kleinen weißen Narbe gezeichnet ist, stellt sie sich vor, auf diese Weise geliebt zu werden – respektvoll, gelassen, sachkundig, geduldig, mit klugen aufmerksamen Händen, die sich mit den Signalen des Körpers auskennen, ruhig, leise, verschwiegen, ohne das übliche Geächze und Gestöhne, ohne schweißtreibende Gymnastik, obszönes Gerede, fordernde Fragen, unhaltbare Schwüre.

Vielleicht wäre sie unter solcher Belehrung, wenn sie früh genug eingesetzt hätte, eine wunderbare Geliebte geworden anstelle des nervösen, unendlich irritierbaren, stets fluchtbereiten Geschöpfes, an dem ihre Liebhaber sich abgeplagt haben. Sie lächelt bei der Vorstellung, sich über den braunen Nacken zu beugen und die kleine Narbe mit der Zunge zu berühren, wie sie es früher womöglich getan hätte und vielleicht später wieder tun wird, um ein Stück des entfliehenden Lebens an sich zu reißen. Jetzt jedenfalls nicht!

In einer Weisheit, die sie als Symptom beginnenden Alters begreift, sieht sie voraus, daß alles, was nach einer solchen Geste passieren könnte, weniger wäre als die gegenwärtige Konstellation, in der sie sich so außerordentlich wohl befindet, jene prekäre Balance zwischen Respekt und Intimität, privater Zärtlichkeit und bezahlter Dienstleistung, die Mr. Henry mit der Eleganz eines Seiltänzers (wahrscheinlich nicht zum ersten Mal) beherrscht und bei der sie nichts weiter zu tun hat, als die Augen zu schließen und in dem Halbschlaf, der sie regelmäßig gegen Ende der Behandlung übermannt, durch eine Reihe teils wollüstiger Bilder zu treiben.

Wenn er das Zimmer verläßt, ist sie meist eingeschlafen, wacht aber wieder auf, sobald sie die Leere spürt, und kann dann nicht mehr schlafen.

In einer solchen Nacht schreibt sie ein paar Sätze an Frederik, den Ex-Kapitän der Handelsmarine, der eines Tages in aller Stille aus ihrem Leben verschwunden ist, weil sie zuwenig Zeit für ihn hätte und überhaupt in niemanden auf der Welt verliebt sei außer in ihre Schüler. Jetzt, Monate später, antwortet sie auf den Vorwurf:

Sie sei gegenwärtig nicht gut zu Fuß, schreibt sie. Wenn er sie immer noch auf Händen tragen wolle, wie er einmal versprochen habe, wäre jetzt die allergünstigste Gelegenheit. PS: Ich bin keine Lehrerin mehr!

Von seinem Leben in England ist in Mr. Henrys Geschichten nie die Rede. Überhaupt sprechen sie selten über das Land, in dem sie sich aus verschiedenen Gründen aufhalten. Wenn irgendein Anlaß zu diesem Thema führt, äußern sie sich vorsichtig und zurückhaltend in Tonlagen zwischen Bewunderung, Spott und Bitterkeit. So etwa könnten Domestiken sich in der Küche über ihre Herrschaft unterhalten. Wenn das Gespräch auf den Unfall und die Pearls kommt, versucht sie sich in britischer Ironie, die ihr gar nicht liegt und irgendwie falsch herauskommt, nicht grade boshaft, aber auch nicht in the proper and decent way.

Inzwischen sei ihr klar, sagt sie, daß sie nur einen winzigen, abseitigen Ausschnitt britischen Lebens kennengelernt habe, sozusagen – um im Bild der Sprache als einer alten Stadt zu bleiben – das allerälteste, verwinkelte, mit zahlreichen Kellergeschossen in die Vergangenheit hinabreichende Viertel, das in der gegenwärtigen Wirklichkeit wahrscheinlich gar nicht mehr vorkomme.

Auf komische Effekte bedacht, erzählt sie von ihren Irrwegen, Fehltritten, Abstürzen bei dem Versuch, im Grottensystem dieser Sprache heimisch zu werden, leider vergeblich. Aber was nicht ist, kann noch werden. Ich bin ja erst am Anfang, sagt sie, und Mr. Henry ist so freundlich, sie nicht daran zu erinnern, daß sie in wenigen Tagen von Freunden nach Deutschland zurückgeholt wird, wie sie es selbst telegraphisch gefordert hat. Auch Elisabeth Götte ist taktvoll genug, für sich zu behalten, was sie inzwischen durch intensives Nachdenken herausgebracht hat: daß Mr. Henrys Geschichten ihren Stoff teils aus E. M. Forsters »Passage to India«, teils aus Kiplings »The Jungle Book« nehmen, so daß der mutige kleine Girija eigentlich Mowgli oder Tumai heißen müßte.

Ja, Mr. Henry und Elisabeth Götte gegen respektvoll miteinander um. Wenn sie in die Nähe empfindlicher Zonen geraten, schnellen ihre Sensoren zurück wie Schneckenfühler. Dann wechseln sie das Thema.

Sie habe mal einen österreichischen Philosophen gekannt, der an einem der hiesigen Colleges unterrichtete, erzählt sie. Cambridge sei ihm in der Seele zuwider gewesen, überhaupt England. In den höchsten Tönen habe er über alles Britische geschimpft und bei jeder Gelegenheit die Flucht ergriffen. Aber über kurz oder lang sei er immer wieder nach Cambridge zurückgekommen, das letzte Mal, um im Haus seines Arztes in Cambridge zu sterben. Irgend etwas müsse es doch gegeben haben, was ihm dort wünschenswert erschien, jedenfalls aus der Ferne. Heimweh nach England?

Mr. Henry denkt eine Weile nach, dann sagt er, daß Heimweh vielleicht nicht das richtige Wort ist, nicht für Fremde jedenfalls.

In diesem Augenblick klingelt sein Handy, und er steht schon an der Tür, als er sich noch einmal zurückwendet: Foreigners shouldn't try to feel at home in Britain, sagt er. It's not the right way to deal with this country.

And what is the right way?

I don't know about you, but for me it means learning to become a graceful alien.

Behutsam schließt er die Tür, um sie nach einem Atemzug wieder zu öffnen – eine Gewohnheit, die er mit Peter Falk als Columbo gemeinsam hat. Don't worry! sagt er mit einem Lächeln, das ihr das Herz erwärmt. Britain is a good country for foreigners, maybe better than your country. Germans are said to feel disturbed by the sight of people who look or act differently while the British just don't see them. They have a fabulous ability to ignore what they don't want to see. Well, they've had centuries to learn it ...

Als er gegangen ist, holt sie eine ihrer Mappen aus dem Nachttisch und blättert lange darin herum. Sie sucht etwas, weiß aber nicht was, bis sie es gefunden hat. Der Satz steht in Wittgensteins »Philosophischen Untersuchungen«: »Vorlieb nehmen ist auch eine Denkbewegung, die man lernen kann.« Ist Ludwig Wittgenstein ein »graceful alien« geworden? Hat er gelernt, sich mit Anmut in die Form zu fügen, die ihm gegeben ist? ...

Ganz sachte, fast unmerklich haben Mr. Henrys Geschichten einen Zeitwechsel vollzogen. Ohne die Gegenwart zu berühren, sind sie aus der Vergangenheit in die Zukunft gesprungen. Statt von seiner phantastischen Kindheit erzählt er von phantastischen Zukunftsprojekten, die alle mit Indien zu tun haben und mit dem legendären Radscha, der, alt und gebrechlich geworden, nach Mr. Henrys Gesellschaft verlangt. Seine Frau ist gestorben, sein einziger Sohn in die USA abgewandert, wo er seine Kultur und Sprache vergessen hat. Der Radscha fühlt sich von seinem Reichtum bedrückt. Als echter Hindu ist es ihm unangenehm, bepackt mit irdischen Gütern aus dieser Existenz zu scheiden. Er wünscht, daß Mr. Henry heimkehrt, um ihn zu begleiten, zu pflegen, nicht als Angestellter, sondern als Freund, Berater, als Ziehsohn, vielleicht sogar als Erbe. Schon seit längerer Zeit korrespondieren sie über eine Anzahl von Projekten, die Mr. Henry nun begeistert vor ihr ausbreitet: Restaurierung und Wiederbelebung eines alten Heiligtums, Gründung einer Schule, eines Ashrams, einer Bibliothek, eines Kulturzentrums mit Führungen für ausgewählte Reisende, die das echte, das wahre, das verborgene Indien kennenlernen wollen.

Er spricht über diese Projekte, als seien sie alle gleichzeitig möglich, ja schon in Vorbereitung oder sogar begonnen, und alle sind zufällig so konstruiert, daß eine Person von der Art Elisabeth Göttes darin Platz finden könnte.

Amüsiert hört sie zu, läßt sich sogar darauf ein, dieses und jenes Szenario probeweise zu betreten, sich umzuschauen, ein bißchen mitzuspinnen am luftigen Gewebe, obwohl sie weiß, daß es seit Indira Gandhi mit der Herrlichkeit der Radschas vorbei ist. Aber an das Nebeneinander verschiedener Wirklichkeiten hat sie sich inzwischen gewöhnt.

Etwas anderes beunruhigt sie: Mr. Henry, bisher eine ganz auf ihre Heilung bezogene Kraft, eine gestaltgewordene Multitherapie aus Massage, Gymnastik, Augenweide, Ohrenschmaus, hat angefangen, sich aus diesem Zusammenhang zu lösen, Person zu werden, ein Mensch, der etwas will, womöglich von ihr.

Eines Tages nach der Massage, bei der er in den höchsten Tönen von Divali, dem indischen Lichterfest, erzählt hat, fällt ein Satz, der ihr signalisiert, daß er mit seiner labyrinthischen Erzählweise in der allernächsten Zukunft gelandet ist.

The end of October would be a good time to go over and join the festival, sagt er zum Spiegel hin, während er sich die Hände wäscht. Do you want me to look for a suitable flight? The Rajah would be delighted …

We didn't make any arrangements, did we? fragt sie erschrocken.

No, we didn't, beruhigt er sie. It's just an offer in case you don't know where to go after that. Er dreht sich um und zeigt auf die Krücken, die immer noch neben dem Bett stehen. Did you never want to go to India?

Sie denkt einen Augenblick nach, dann schüttelt sie den Kopf.

Be careful! sagt er. If you shake your head like this in India, everybody will think you mean: Yes.

Maybe it will be Yes one day...

So wird er in ihrer Erinnerung stehenbleiben: mit dem Rücken zum Spiegel, das zusammengeknüllte Papierhandtuch von einer Hand in die andere werfend, strahlend, mit einem Lächeln, das sie glücklich macht, obwohl sie keine Ahnung hat, was es ausdrückt.

Mr. Henry zum letzten Mal! Weil im nächsten Moment ein neues Kapitel beginnt, in dem er nicht auftreten wird, aber das weiß sie noch nicht, als es gewaltig an die Tür bumst, ein Bett hereingeschoben wird, begleitet von unartikulierten Lauten aus dem Mundschlitz eines weißen Kopfverbandes.

Elisabeth Götte, in Panik erstarrt, wispert tonlos: You can't do that to me!

Die Nurse murmelt etwas von »temporarily«. She'll be quiet in a minute.

Sie schlägt die Decke zurück, pflanzt eine Spritze in einen dünnen Oberschenkel. Ein Wandschirm schiebt sich zwischen die Betten. Nun ist nur noch die schreckliche Stimme zu hören.

What language does she speak? ruft Elisabeth Götte der entschwindenden Nurse nach. Mit einem gequälten Lächeln schaut die sich um. It's a particular sort of English, sagt sie, London, East end! Und schließt die Tür, durch die Mr. Henry soeben verschwunden ist.

Ein dunkler Tag. Regen schlägt die letzten Blätter von den Bäumen im Krankenhausgarten. Gegen den kühlen Hauch, den es wahrscheinlich nur in ihrer Einbildung gibt, hat Elisabeth Götte ein Plaid um die Schultern gelegt und produziert im Kopf Bilder eines wärmeren helleren Landes: flimmernde Hitze zwischen schuppigen Palmenstämmen, kleine Regenbogen im Strahl der Springbrunnen vor der Terrasse, auf der sie selbst, ganz in Weiß, im Liegestuhl liegt, lauschend auf das sanfte Stimmengeplätscher aus dem Inneren des Palastes.

Sie hat nicht wirklich an Mr. Henrys Pläne geglaubt, aber nun, erschreckt vom Herannahen der dunklen Zeit, würde sie doch gern wissen, ob irgendwo im Labyrinth seiner Geschichten ein winziger Kern Realität steckt, wenn auch nur, um die karge Alternative zwischen Winter in England und Rückkehr nach Deutschland durch eine dritte Möglichkeit aufzuweichen.

Es wird ernst. Besuch aus Deutschland hat sich angemeldet. Wer wird kommen? Bitte nicht Isabell! betet sie zu einer nebelhaften Instanz über den Wolken. Keine Psychologie bitte! Wenn Sylvia käme! Die stille Schülerin aus der Abiturklasse 1993, die manchmal einen heimlichen Gruß an die Lehrerin in ihr Aufsatzheft legte: ungereimte Gedichte, Texte, die wie durch einen Vorhangspalt in eine abenteuerliche Phantasie schauen ließen. Seufzend greift sie nach der Uhr auf dem Nachttisch. Wo bleibt Mr. Henry?

Did you see Mr. Henry? fragt sie die Nurse, eine neue, die das Essen bringt.

Mr. Henry? Sie spricht es aus, als hätte sie den Namen nie gehört.

The masseur! sagt Elisabeth Götte gereizt. He always comes before noon.

He may be late.

He's never late.

Oh, you mean the Indian. He won't come anymore.

Why, for heaven's sake?

I don't know. Change of personnel.

Die Stationsschwester murmelt etwas von temporary absence. Ein anderer Masseur wird kommen, a very capable man!

Elisabeth Götte will keinen anderen Masseur. Sie schimpft immer noch, als die Nurse schon hinausgeschwebt ist, beschwert sich, jammert über Anonymität und britische Undurchdringlichkeit, bis die Kopfverletzung im Nebenbett durch den Vorhang keift: Shut up! Don't you know that they're deaf?

Kurz darauf kommt der neue Masseur – ein Koloß mit Metzgerhänden.

I don't want massage! sagt Elisabeth Götte, I'm leaving anyway.

Als er am Fußende stehenbleibt, überlegen grinsend, als hätte er es mit einem störrischen Kind zu tun, schließt sie die Augen und läßt sich in einen Abgrund von Selbstmitleid sinken. Hinter den geschlossenen Lidern bleibt das Essen stehen, Schwestern kommen und gehen; unter gellendem Protest wird die Kopfverletzung hinausgefahren; das Telefon klingelt, bis es von selbst aufhört.

Leave me alone! murmelt sie, als es an die Tür klopft, leise, dann lauter. Eine Hand berührt die ihre. Eine Stimme sagt: Ich möchte nicht stören, aber ...

Elisabeth Götte schlägt die Augen auf und flüstert: Sylvia, Liebe, gut daß du da bist. Hol mich hier raus!

Später am Abend, als sie wieder allein ist, steht sie mühsam auf, humpelt zum Fenster, sieht das Taxi kommen und Sylvia im Regen über den erleuchteten Parkplatz laufen. Morgen früh wird sie wiederkommen, um Nägel mit Köpfen zu machen.

Seufzend lehnt Elisabeth Götte die Stirn gegen das kühle Fensterglas, das unter ihrem Atem beschlägt, so daß sie nicht mehr sehen kann, wie Sylvia einsteigt, hört nur die Wagentür zuschlagen, den Motor anspringen. Ich will nicht! denkt sie.

Hinter ihrem Rücken wird die Trage hereingefahren, die Patientin in ihr Bett gepackt. Erst als die Pfleger gegangen sind, wendet sie sich zum Zimmer zurück. Der Vorhang zwischen den Betten ist geschlossen. Dahinter ist es still.

Seit die andere im Nebenbett liegt, hat es keine Ruhe in diesem Zimmer gegeben: am Tage Geschimpfe, Beschwerden, Selbstgespräche, wüstes Geklingel, nachts Schnarchen, Stöhnen, Traumgewimmer, Matratzenkrachen, stundenlang das

Geräusch, wenn ein Kopf in den Kissen hin- und hergeworfen wird.

Nun rührt sich nichts mehr.

Nun kann sie schlafen. Sie dehnt sich wohlig unter der Decke, schließt die Augen. Aber sie schläft nicht. Sie horcht in die Stille, spürt sie um sich herum wie einen lautlosen Schneefall, der alles zudeckt, Schicht um Schicht, sie und die andere ganz unten, begraben im stillen Weiß.

Are you all right? flüstert sie. Keine Antwort. Stille.

Noch einmal kämpft sie um Schlaf. Dann läßt sie die Hoffnung fahren, richtet sich auf, knipst die Nachttischlampe an, setzt die Füße in den schmalen Gang zwischen den Betten, rafft den Vorhang zur Seite, sieht die andere liegen, flach und gering, kaum daß sich die Decke über ihr wölbt. Der Verband ist herunter bis auf die Kappe über dem rasierten Schädel und ein großes ungepolstertes Pflaster, das das rechte Auge und einen Teil der Wange bedeckt. Ein verschorfter Striemen spaltet die Oberlippe des blassen Mundes. Dahinter klafft eine gewaltige Zahnlücke. Ein junges Gesicht, höchstens sechzehn, vermutlich noch unter Narkose, ruhiggestellt in einem Augenblick des Entsetzens, der im Gesicht steckengeblieben ist, in der Verzerrung des Mundes, im Augenrollen hinter dem dünnen, bläulichen Lid.

Warum atmet sie nicht?

Elisabeth Götte berührt die magere Schulter, tastet mit der anderen Hand nach der Klingel. Atme! murmelt sie. Los, atme! Jetzt … jetzt … jetzt …

Endlich zieht der Atem an, ein Schlürflaut, ein mattes Husten. Na also … so ist's recht … weiter so … jetzt … jetzt … ist ja gut … ein … aus … ein … alles vorbei … keiner tut dir was … atme!

Sie beugt sich tiefer über das Gesicht, bildet sich ein, daß das Augenrollen ruhiger wird, der Mund sich entspannt, wenn sie spricht. Spricht also weiter mit der sanftesten, ruhigsten Stimme, gleichmäßiges Gemurmel ohne Höhen und Tiefen, ohne Zischen und Rollen: Du schaffst es … bist ja noch jung ... ein bißchen Geduld ... im Winter ist es nicht schlecht im Krankenhaus ... wenn der Frühling kommt, bist du wieder gesund ... neue Zähne ... die Wunde verheilt ... die Narbe wird kaum zu sehen sein ... spricht, spricht, läßt keine Pause einreißen, weil jedesmal, wenn sie einen Augenblick verstummt, der Krampf, das Entsetzen wiederkommt, merkt, ganz nebenbei, daß sie Deutsch spricht, was die Kleine ja gar nicht versteht, spricht, was ihr grade einfällt, und als ihr nichts mehr einfällt, sagt sie Gedichte auf, die sie auswendig kann, sanfte Gedichte von Nacht und Schlafen, vom Wasser, vom Frühling, Mörike, Eichendorff, Hölderlin, Uhland, Hofmannsthal, Rilke, spricht sich allmählich in eine Trance hinein, die sie den Anlaß ihres Sprechens fast vergessen läßt, bis sie ganz plötzlich, mit einem Schock, bemerkt, daß das eine Auge sie anstarrt, schwimmende Schwärze mit einem gelben Punkt vom Reflex der Nachttischlampe.

Erschrocken läßt sie den Vorhang fallen, erwartet die übliche Schimpfkanonade: Shut up! Leave me alone!, aber nichts ist zu hören als ein dünner hoher Jammerton: Don't stop! Go on! Talk!

Endlich erscheint die Nurse ...

Sylvia an die Freunde in Deutschland

Hat mein Telegramm Euch rechtzeitig erreicht?

Oder steht Ihr mit Blumen am Flughafen?

Habt Ihr ihre Wohnung geputzt, gelüftet, den Kühlschrank gefüllt, den Sekt kaltgestellt?

Freut Ihr Euch, daß sie wiederkommt?

Nun, sie kommt nicht. Es hat ihr gefallen, zum Zeitpunkt unserer Verabredung nicht dazusein. Keiner weiß, wo sie ist.

Ich warte ...

Ich schreibe Euch, weil ich nichts Besseres zu tun habe. Und weil ich Isabells psychologischen Verhören zuvorkommen will. Das Urteil kann ich mir denken: Unsensibel habe ich mich verhalten, wie ein Elefant bin ich durch den Porzellanladen ihrer zarten Seele, ihrer fragilen Gesundheit getrampelt. Aber so fragil ist sie gar nicht. Daß man sie dafür hält und zur Hilfe bereitsteht, ist das Kapital, mit dem sie wuchert.

Ihre phänomenale Fähigkeit, andere für sich arbeiten zu lassen! Sogar in der ominösen 10b hatte sie ihre Leute, die ihr vergessene, verlorene, verschlampte Dinge nachtrugen, Daniel Holisch zum Beispiel, ja, ausgerechnet dieser Daniel!

Sie hat einige Sachen im Krankenhaus zurückgelassen. Schon deshalb müsse sie zurückkommen, meint die Stationsschwester. Ich weiß es besser. Sie hängt nicht an »Dingen«. Im stillen rechnet sie damit, daß ich mich um ihre Hinterlassenschaft kümmere. Ja, auch sie rechnet, wenn auch nicht mathematisch. Vor mir liegen ein Bildband über historische Zigeunerwagen (für jemanden namens Jeremy Pearl bestimmt) und zwei Mappen mit Manuskripten: eine blaue mit der Aufschrift »Wittgenstein Walking« und eine grüne, betitelt mit »Elisabeth Göttes englische Reise«. Ein Zettel dabei, in dem sie das Geschriebene als »Stoff« für unsere Literaturabende bezeichnet. (Als ob diese jemals ohne sie stattfinden würden!) Sie habe versucht, sich durch die Verwendung der dritten Person Singular von sich selbst zu entfernen. Leider sei ihr dies nicht gelungen, wie man aus dem Text ersehen könne. Aber aus Fehlern könne man lernen. Schließlich habe sie nie behauptet, eine Autorin zu sein. Ihre fliehende Handschrift erinnert mich an die unzähligen Seiten, die ich für sie in den Computer getippt habe, meist nachts, weil die Tage nicht ausreichten. Sie selbst befaßt sich ja nicht mit »Maschinen«. Und ich bin die einzige, die ihre Schrift lesen kann. Behauptet sie. Werde ich nun auch diese Blätter abschreiben müssen?

Davon schreibt sie nichts, und ich kann sie nicht fragen, weil sie verschwunden ist. Heute morgen, als die Stationsschwester ihren Dienst antrat, hat sie das Zimmer leer gefunden. Sie und ihre Zimmergenossin, die hier allgemein das »Monster« genannt wird, haben sich heimlich davongemacht. Die Nachtschwester hat nichts gemerkt. Auch der Portier hat sie nicht vorbeigehen sehen. Wahrscheinlich haben sie einen Hinterausgang genommen. Eine Patientin, Friseuse mit Hüftoperation, die sie jeden Morgen frisiert hat, war die einzige, die sie fortgehen sah, früh um sechs, als es noch dunkel war, Arm in Arm mit dem Monster, gefolgt von einem Kahlkopf in schwarzer, genieteter Ledermontur, der ihnen das Gepäck nachtrug und beim Einsteigen in einen verhauenen Chevrolet half, in dem sie dann pfützenspritzend entschwunden sind. Man hat in der Gegend herumtelefoniert – weniger wegen ihr, die ohnehin entlassen werden sollte und die Rechnung bereits bezahlt hatte, als wegen des Monsters, das ausgerechnet heute in ein anderes Krankenhaus verlegt werden sollte. Erfahren hat man bisher nur, daß das Monster von der Polizei gesucht wird, was die Stationsschwester sich schon gedacht hat. Ich habe sie gebeten, im Schwesternzimmer warten zu dürfen. Es kann ja sein, daß sie es sich anders überlegt und vorm Abend zurückkommt. Wie wir wissen, fürchtet sie sich vor Skins, und Autofahren hat sie noch nie gemocht. Da sitze ich nun zwischen Statistiken und undefinierbaren Geräten, und alle Augenblicke kommt jemand herein, hält mich für eine Angestellte des Krankenhauses, will etwas wissen. Da mein Englisch mangelhaft ist (ich mag diese Sprache nicht!), sind die Gespräche kurz und unergiebig. Immerhin weiß ich, daß die Schwestern ein schlechtes Gewissen haben, weil sie ihr das »Monster« aufs Zimmer gelegt haben. Die Person war gewalttätig. Bei meinem Besuch am Freitag hätte sie mich am liebsten verprügelt, weil ich »Liz« zu nahe getreten sei. So wird es herauskommen: Ich bin schuld! Dabei wollte ich nur die Wahrheit sagen. Das hat sie doch immer gewollt.

Zweimal habe ich sie besucht, einmal am Donnerstag nachmittag, gleich nach der Ankunft in Cambridge, um mit ihr über die Abreise zu sprechen und die nötigen Formalitäten zu erledigen. Leider war das nicht möglich, weil sie in so schlechtem Zustand war, daß kein Gespräch zustande kam.

Ich bin also am Freitag früh noch einmal ins Krankenhaus gegangen, bis elf geblieben und erst mittags nach London gefahren, um übers Wochenende und Montag ein paar Sachen für meinen Mann zu regeln. (Er meint, ich sei deshalb nach England gefahren. Wenn er wüßte, daß ich ihretwegen hier bin, würde er einen Riesenkrach machen. Schließlich hat er Jahre gebraucht, um mich »von ihrem Einfluß zu befreien«. Also bitte Stillschweigen!)

In London habe ich den Flug für heute nachmittag (Dienstag) um 15.30 gebucht. Soeben – ich schaue grade auf die Uhr – ist das Flugzeug gestartet. Ohne uns ...

Nun die Besuche im einzelnen. Ich versuche meinen Ärger zu bremsen und objektiv zu berichten.

Donnerstag, 17.30 bis 18.15.

Ich lasse meinen Koffer an der Pforte, erfahre Station und Zimmernummer. Von der Stationsschwester höre ich, daß die Behandlung mehr oder weniger abgeschlossen ist. Wegen der

Abreise soll ich mit dem Arzt sprechen, der aber im Augenblick nicht im Hause ist.

Mehrmals klopfe ich an die Tür von Zimmer 213, warte auf ein »Herein«, trete schließlich unaufgefordert ein.

Sie liegt zum Fenster gewandt, wendet sich mühsam um, breitet die Arme aus, seufzt: Gut, daß du da bist!

Lange Umarmung unter Tränen. Auch ich muß heulen, so erbärmlich liegt sie in den Kissen, so blaß. Hol mich hier raus! sagt sie mit Blick auf das andere Bett, das leer ist, weil das Monster zu einer Untersuchung abgeholt worden ist.

Sie hält es nicht aus, mit einer anderen Person im Zimmer zu liegen, flüstert sie. Der Nachtschlaf ist hin. Auch essen kann sie nicht mehr. Die Hüfte tut wieder weh. Ein Rückfall!

Wie hingeweht liegt sie in den Kissen, die Haut so dünn über dem Schläfengeäder, Augen in bläulichen Mulden versunken, Falten ... Zum ersten Mal sehe ich das Alter in ihrem Gesicht.

Während ich so munter wie möglich von meiner Fahrt erzähle, schließt sie immer wieder die Augen, dämmert einfach weg wie eine Uralte. So miserabel hatte ich mir ihren Zustand nicht vorgestellt. Ich war nicht einmal sicher, ob sie die Fahrt überstehen würde.

Als ich leise hinausgehen will, schlägt sie noch einmal die Augen auf und haucht: Schreibst du noch Gedichte?

Ich erkläre, was sie eigentlich wissen müßte: meine Heirat, die Mitarbeit im Geschäft meines Mannes, das Kind. Keine Zeit für Gedichte! Aber sie schläft schon wieder.

Auf dem Weg zum Hotel habe ich ein paar Tränen vergossen, weniger aus Mitleid als aus einem schmerzlichen Verlustgefühl, wie ich es als Kind hatte, als man mir sagte, daß es nicht das Christkind sei, das die Kerzen am Weihnachtsbaum anzünde. In der Schule haben wir sie »Göttin« genannt, was natürlich ein Scherz war ...

Freitag, 8.15 bis 11.30.

Diesmal erwische ich den Arzt. Er ist mit ihrem Zustand zufrieden und hat nichts gegen die Abreise. Die Stationsschwester gibt zu bedenken, daß sie in der ersten Zeit Hilfe braucht. Ich sage, daß Hilfe reichlich zur Verfügung steht. Sie ist von Freunden umgeben.

Behutsam öffne ich die Tür von 213 und erblicke eine völlig veränderte Szene. Phantastisch, wie sie sich über Nacht verwandeln kann! Effektvoll umrahmt von der Morgensonne, sitzt sie im Bett, kerzengerade trotz der genagelten Hüfte (ich weiß immer noch nicht, wie es zu dem Unfall gekommen ist!), bis zum Hals zugeknöpft in ihrem eleganten, nachtblauen Morgenrock, ein indisches Seidentuch (Geschenk ihres Masseurs!) malerisch um die Schultern drapiert, sorgfältig frisiert (von der Friseuse!), dezent zurechtgemacht: blasser Puderhauch, dunkel umrandete Augen, kein Lippenstift, Gesichtsausdruck melancholisch-ironisch-frivol, changierend zwischen Juliette Greco und Djuna Barnes. Es verschlägt mir die Sprache. Statt über das Einverständnis des Arztes und die Abreise zu sprechen, sage ich: Du siehst wunderbar aus!

Sie lächelt ein kühles Lächeln, das keine Umarmung erlaubt. Nett, daß du kommst! sagt sie und blickt an mir vorbei zur Tür, als erwarte sie jemanden (nicht mich!). Ich packe meine Blumen aus, die ziemlich mickrig wirken neben einem prachtvollen Herbststrauß, der auf der Fensterbank steht.

Du hättest dich nicht gleich ins Flugzeug setzen müssen, sagt sie. Wahrscheinlich hast du eine Menge zu tun.

Na, hör mal, sage ich, dein Telegramm war ein Hilferuf!

Ach ja? Sie erinnert sich nicht so genau. Damals muß ich in Panik gewesen sein. Damals! Das ist genau eine Woche her.

So ist sie – fahrig, unaufmerksam, sprunghaft. Erzählt von ihrem fabelhaften Masseur, der heute leider nicht erschienen ist; bedauert, daß ich die Haare jetzt kurz trage. Damals seien sie wie ein Vorhang vor meinem Gesicht gewesen, durch den manchmal ein Blick, ein Lächeln leuchtete (das sagt sie, als hätte ihr dieses Aufleuchten besser gefallen als das, was jetzt von mir zu sehen ist), schwärmt von den Gedichten, die ich ihr damals ins Heft gelegt habe (Ich dachte, du würdest weitermachen!), zitiert Wittgenstein – ihr neuestes Idol, mit dessen Leben in Cambridge sie sich während ihres Aufenthaltes beschäftigt hat, amüsiert sich über die rüde Sprache ihrer neuen Zimmergenossin, die hinter dem Wandschirm schnarcht ... Auf einem Blatt Papier hat sie besonders markante Ausdrücke in Lautschrift notiert, um sie später nachzuprüfen, wahrscheinlich schmutzige Worte, Flüche, Beschimpfungen – so etwas habe sie bei ihren Gastgebern nicht lernen können. Leider sei die Aussprache undeutlich, weil die Patientin bei dem, was die Nurse »accident« nennt (sie vermutet eher »Schlägerei), ein paar Vorderzähne eingebüßt habe. Und so weiter in hektischem Wechsel, als wolle sie mir keine Zeit geben, mein Thema – die Abreise – einzufädeln, was ich trotzdem immer wieder versuche, zum Beispiel die Sache mit dem Gepäck, das zum Teil vermutlich noch bei ihren Gastgebern liegt ...

Gepäck? Ach so, das meiste habe sie wohl hier (was heißt hier »wohl«?). Den Rest könne man ja später abholen (wieso »später«? Wann? Wo?).

Schon da hätte ich merken können, daß sie die Abreise boykottiert, hab es vielleicht sogar gespürt an ihrem Zögern, ihrem Ausweichen, wollte es aber nicht wahrhaben, habe versucht, ihr die Rückkehr schmackhaft zu machen, indem ich ihr lauter angenehme Dinge erzählte: wie ihre Freunde sich um sie gesorgt hätten, wie man sie auf der Schule vermißt, daß ihre Schüler nicht aufhören, nach ihr zu fragen, daß der Direktor sie »eine geniale Lehrerin« genannt hat, die ihre Schüler zu ungeahnten Höhenflügen inspiriert ...

Vielleicht hätte ich die Sache mit Daniel nicht erwähnen sollen, aber ich wollte ihr mindestens mitteilen, daß sie gut ausgegangen ist. Es konnte ja sein, daß sie, wie andere Überbesorgte, an Suizid gedacht hat. Diese Angst wollte ich ihr abnehmen, um sie auf den Boden der Wirklichkeit zurückzuholen, wo die Sache mit Daniel hingehört, die eben keine Katastrophe war und schon gar kein Grund, ihre erfolgreiche Arbeit hinzuwerfen, sondern ein ganz normaler Vorgang, der an jeder Schule passieren kann und tatsächlich passiert: daß ein Schüler, der anders ist (schwächer, kleiner, weicher, fetter, hübscher, ängstlicher), vom Rest der Klasse terrorisiert wird, nicht schön, aber verständlich. Irgendwo müssen sie ihren Dampf ablassen. In den vornehmen britischen Colleges wird es nicht anders sein. Und es ist ja auch gar nichts passiert. Daniel ist zurückgekommen, nachdem er sich ein paar Tage im Landhaus seiner Eltern verkrochen hatte. Bei dem Jagdgewehr, von dem die Rede war, handelt es sich um ein historisches Stück, einen Sammlergegenstand, zum Schießen nicht zu gebrauchen. Der Direktor hat ein paar interne Gespräche geführt, in denen das Wort Homosexualität überhaupt nicht vorkam. Philipp Senger, der offenbar der Anstifter war (nicht was die Schweinereien auf der Yacht betrifft. Dafür war sein Vater verantwortlich!), Philipp Senger hat sich entschuldigt. Daniel hat die Entschuldigung angenommen. Sie haben einander die Hand gegeben. Der Direktor hat mit segnender Gebärde die Hände auf beide Köpfe gelegt. Da Daniel ohnehin wiederholen mußte, haben die Eltern ihn auf einem Internat angemeldet. Damit hätte ich meinen Bericht abschließen können, wenn, ja wenn sie mir zugehört hätte.

Ihr hättet sie sehen sollen, traumverloren, entrückt, immer noch auf der Flucht, schaut zum Fenster hinaus, als spiele sich alles, was sie wirklich interessiert, zwischen den kahlen Zweigen ab. Ich hab es nicht mehr ausgehalten, bin aufgesprungen und zwischen sie und das Fenster getreten, um ihr den Fluchtweg abzuschneiden. Da läßt sie mit einer elegischen Wendung ihres überlangen Halses den Kopf in die Kissen sinken und schließt die Augen. Nur die Wimpern zittern noch nach. Ich hasse dieses Theater!

Von diesem Punkt an verwirrt sich meine Erinnerung. Ich weiß nicht, ob ich das, was ich jetzt aufschreibe, wirklich gesagt oder nur gedacht habe: daß sie die Wirklichkeit nicht sehen will, nur die selbstgemachten Bilder, in die sie verliebt ist: in jedem Jahrgang einer oder einige Schüler, die vom ersten Tag an in den Genuß ihrer leidenschaftlichen Aufmerksamkeit kommen – solche wie Philipp Senger. Und die anderen, die sie vergißt, deren Namen sie sich nicht merken kann. Aber ihre Lieblinge vergißt sie auch, wenn sie die Hoffnungen nicht erfüllen, die sie ihnen eingeredet hat ... Weil sie ja in Wirklichkeit gar nicht die Schüler liebt, sondern das, was sie ihrem Bilde nach sein könnten. Die Möglichkeiten der Schüler sind ihr Arbeitsmaterial; daraus soll mit ihrer Hilfe die unabhängige, innengeleitete, kreative Person entstehen, lauter kleine Wilhelm Meisters auf dem Weg durch Lehr- und Wanderjahre. Per aspera ad astra. Weil sie ihr aspera häßlich und schäbig findet. Wenn sie irgend etwas gewußt hätte von dieser 10b, dann hätte sie auch gewußt, daß ihr Liebling Philipp Senger alle Rollen spielen kann, für sie speziell die Rolle des zur Literatur bekehrten Fernsehkindes, das von reichen Banauseneltern mit Geld und Videospielen aufgezogen worden ist, statt mit Liebe und Kultur. Das paßte in ihr Bild. Da konnte sie ihre Zauberkünste spielen lassen, während er Wetten abschloß, daß er eine zwei in Deutsch kriegen würde. Die Alte ist doch in mich verliebt! Hab ich das wirklich gesagt?

Ich konnte sie nicht anschauen, habe am Fenster gestanden, gegen die Scheibe geredet, gewartet, gehofft, daß sie irgend etwas sagt, damit ich aufhören kann. Aber das Schweigen in meinem Rücken ist immer dichter geworden. Schließlich hab ich mich umgedreht. Da liegt sie ganz entspannt auf dem Rücken, Augen geschlossen, Hände auf der Brust gefaltet, die sich langsam und regelmäßig hebt und senkt, ein Lächeln um die Mundwinkel.

Die Göttin ist eingeschlafen.

Bei diesem Anblick ist mir eine Wut hochgeschossen. Ich habe mich über sie gebeugt, in ihr Ohr geflüstert, gezischt (war das der böse Ton, über den sie sich beklagt hat?): Du hast nach meinen Gedichten gefragt? Die gibt es nicht mehr! Die letzten, die unter deiner Regie entstanden sind, habe ich vorige Woche zerrissen und in den Kamin gestreut. Schau mal, wie schön sie brennen, habe ich zu meinem Mann gesagt. Das sind die Illusionen, die meine Lehrerin mir ins Hirn geblasen hat. Na, Gott sei Dank! hat er gesagt. Wirst du endlich normal.

Obwohl ich sehr leise sprach, muß das Monster hinter dem Vorhang etwas mitgekriegt haben. Hinter meinem Rücken erhebt sich ein Lärm, Matratzenkrachen, Kissengewühl, unartikulierte Laute, der Wandschirm kippt. Das Monster tobt mit aufgerissenem Nachthemd im Bett herum, kratzt und reißt wie verrückt an dem Kopfverband, keift aus einer gewaltigen Zahnlücke gegen mich an, Worte, die ich nicht verstehe, außer daß es unflätige Worte sind ...

Was will diese Person? Ich breite die Arme aus, um die Göttin vor dieser Verrückten zu schützen.

Laß das! sagt sie, ihre Augen weit offen, wach, klar. (Wahrscheinlich hat sie gar nicht geschlafen.) Leider schauen diese wachen klaren Augen nicht mich an, sondern an mir vorbei mit dem strengen Blick, mit dem sie aufmüpfige Schüler zu bändigen pflegte.

Stop it! sagt sie.

Das Monster hört auf, an dem Verband herumzuzerren, schimpft aber weiter, ein wenig gedämpft, weil es die Hand vor den Mund hält.

Be quiet! sagt sie. She doesn't understand you. Tomorrow the dentist will bring your teeth.

Die Schwester steckt ihren Kopf zur Tür hinein: Want some help?

No, everything is fine, sagt sie lächelnd, während die andere die Decke über den Kopf zieht. She'll be all right! Und zu mir: You better leave us alone.

Das ist das letzte, was ich von ihr gehört habe.

Heute morgen ganz früh habe ich mich wieder zum Krankenhaus fahren lassen. Vom Parkplatz aus habe ich nach ihrem Fenster im zweiten Stock geschaut und mich gewundert, daß es weit offenstand. Langsam, eine böse Vorahnung wie Blei in den Füßen, bin ich die Treppe hinauf und den Gang entlang gegangen und sehe schon von weitem einen bärtigen Mann vor ihrer Tür stehen ... Als ich näher komme, dreht er sich um und sagt auf deutsch: Sie ist fort!

Ich stoße die Tür auf, blicke in ein leeres Zimmer. Hinter

dem Fenster der Regen wie ein unaufhörlich fallender Vorhang. Als ich mich umdrehe, ist der bärtige Mann schon hinter der Glastür im Treppenhaus. Ich erkenne ihn am Gang: Es war Frederik, ihr »Seemann«, dieser schwere, geduldige Mensch, der länger als andere ihre Unaufmerksamkeit ausgehalten hat. Sie muß ihn auf irgendeine Weise herbeigerufen haben, wie hätte er sonst ihren Aufenthalt wissen können. Und dann hat sie ihn ins Leere laufen lassen. Wie mich.

Später am Nachmittag hat es eine Unruhe auf dem Gang gegeben. In der penetrant-affektierten Sprache, die uns unser Englischlehrer als Beispiel für Oxford-Englisch vom Band vorgespielt hat, beklagte sich jemand über chaotische Zustände und mangelnde Fürsorge. Why didn't you stop her? She's a foreigner, very naive, very trusting, just the type those criminals are waiting for ...

Ich war gerade aufgestanden, um hinauszuschauen, da stürmte der Mann ins Zimmer, stellte sich als Sohn ihrer Gastgeber vor, beschwor mich, nicht abzureisen, sondern ihm bei seinen Nachforschungen zu helfen: deutsche Botschaft anrufen, Polizei benachrichtigen wegen Kidnapping, Identität und Background des Monsters ermitteln. Never, never they should have allowed ...

Die Stationsschwester steckte den Kopf herein und sagte in eisigem Ton: This is a hospital, not a prison. Das hörte er gar nicht, fuhr gestikulierend in dem engen Zimmer herum, eine überdimensionale Zeichenmappe unter dem Arm, mit der er Papiere vom Tisch wischte, eine Vase mit Blumen umwarf (das Wasser in meinen Schoß) und sich beim Auflesen der Scherben in den Finger schnitt. Beim Anblick des Blutes blieb er stehen und sagte mit Grabesstimme: She maybe dead now. Er war schon hinausgestürmt, als ich bemerkte, daß er seine Zeichenmappe auf dem Schreibtisch vergessen hatte. Es war nur ein einziges Blatt darin, das bis zu den Rändern mit flatternden, züngelnden Bändern oder Locken oder Schlangen bemalt war. Da es wie ein Vexierbild aussah, suchte ich nach der versteckten Figur und fand sie im oberen Viertel, das durch Verengung der Linien wie eine Tiefe wirkte, in die jemand hineinging – eine helle Gestalt, die sich im Fortgehen umwandte, umgeben von einem Schwarm winziger, geflügelter Insekten.

Er hat ihr Fortgehen vorausgemalt, dachte ich und spürte plötzlich, daß ich nicht mehr allein im Zimmer war ... Hastig schlug ich die Mappe zu und hörte seine trostlose Stimme in meinem Rücken: It should have been a present for her, but now she's gone. Ehe mir Worte der Entschuldigung oder des Trostes einfielen, ist er mitsamt seiner Mappe verschwunden.

Was macht sie nur mit den Menschen? Wie bringt sie es fertig, ihnen den Kopf zu verdrehen, daß sie es sich zur Ehre anrechnen, Dinge für sie zu erledigen, Hindernisse aus dem Weg zu räumen, ihr nachzulaufen, nachzutrauern, wenn sie mal wieder fortgeht? Die Friseuse, die ihr jeden Morgen die Haare gemacht hat! Der alternde Jüngling, der ihr Bilder malt und vor lauter Sorge um sie fast einen Nervenzusammenbruch kriegt! Das Monster, das Gift und Galle gegen vermeintliche Angreifer speit! Der längst abgelegte »Seemann«, der auf ein Zeichen herbeieilt, um sie zu trösten! Ich, die wie gestrandet in diesem unwirtlichen Zimmer hockt, als hätte ich nichts Besseres zu tun, als auf sie zu warten! Es hätte mich gar nicht gewundert, wenn auch noch der indische Masseur aufgetaucht wäre. Ein phantastischer Abgang! Er würde ihr gefallen. Ein Jammer, daß sie nicht zuschauen kann.

Das Haus ist still geworden. Die Nachtschwester macht ihre Runde durch die Krankenzimmer. Manchmal sind klagende Laute zu hören, Pantoffelschlurfen im Flur, Klospülung. Vor mir liegt ein dicker Brief mit der Aufschrift: »Für Sylvia«. Die Friseuse hat ihn mir mitgebracht. Sie hatte schon eine Weile auf dem Flur gewartet, bis ich allein war, dann ist sie hereingekommen – eine schwere, asthmatische Frau mit dicken Armen und kurzen Fingern, denen man die Delikatesse beim Umgang mit ihren Haaren nicht ansieht.

In der Tasche ihres Bademantels hat sie ein Fläschchen mit undefinierbarem Alkohol mitgebracht, von dem sie mir anbot, während sie mit feuchten Augen von »Liz« erzählte, wie freundlich sie gewesen sei, eine Lichtgestalt im grauen Krankenhausalltag. Das Frisieren am Morgen sei der beste Teil ihres Tages gewesen. Sie hätten sich unterhalten wie Freunde, manchmal sogar in Deutsch, das sie vor vielen Jahren als Stütze in einem deutschen Haushalt aufgeschnappt hat. Das meiste hat sie vergessen, aber wenn Liz ihr zuhörte, fiel es ihr wieder ein. Sie hat ihr Mut gemacht, nicht nur beim Deutschsprechen ...

Am Abend vor der Abreise sei Liz in ihr Zimmer gekommen, um sich zu verabschieden, und sie hat ihr noch einmal die Haare gemacht, diesmal streng nach hinten gekämmt und zu einer Art Helmbusch hochgebunden. I didn't like the style, but she wanted it this way. It made her look strict and severe – like a teacher. She *is* a teacher, sagte ich, aber das hörte sie nicht, weil sie in Gedanken nach dem Wort suchte, dem letzten, bevor Liz das Zimmer verließ.

Ich mache einen Ausflug! habe sie lächelnd gesagt und dabei die Arme in den weiten Kimonoärmeln bewegt, als wolle sie davonfliegen.

You love her, don't you? sagte ich. Da fingen die Tränen zu strömen an, ihre Wangen hinab und vom Kinn hinunter auf den mächtigen Busen.

Auf der harten Untersuchungsliege haben wir nebeneinander gesessen, geredet, geheult, getrunken, geredet, und ganz zum Schluß, als die Nachtschwester schon wieder im Anmarsch war, hat sie mir flüsternd von der wunderbaren Zähmung des Monsters erzählt, das mit seinem Toben und Randalieren die ganze Station in Aufruhr versetzt hatte. It was magic! sagt die Friseuse. I wouldn't believe it if I hadn't seen it with my own eyes.

Stop it! hat Liz gesagt, wenn es wieder losging mit dem Stöhnen, Zucken, Umsichschlagen, und in dem Augenblick Stille danach hat sie ganz leise angefangen zu sprechen, nicht irgend etwas, sondern Gedichte, deutsche Gedichte. Und wenn sie eine Weile gesprochen hatte mit ihrer »magic voice«, hat das Monster aufgehört zu toben, sein Atem ist ruhig geworden und die Augen gingen immer mit, wo Liz mit ihrer Stimme hinging, vom Fenster zur Tür, von der Tür zum Fenster.

Eines der Gedichte hat der Friseuse besonders gefallen, und am letzten Abend hat sie Liz gebeten, ihr die paar Zeilen aufzuschreiben, damit sie sie auswendig lernen und aufsagen kann, wenn die dunklen Stunden kommen.

Noch einmal hat sie ihre Bademanteltasche umgegraben und einen vielfach geknickten Zettel herausgezogen. Darauf standen, flüchtig gekritzelt, die Zeilen, die die Göttin uns oft genug zitiert hat. Vielleicht erinnert Ihr Euch.

Die Schwärmerische, die Nacht kommt
Voll mit Sternen und wohl wenig bekümmert um uns
Glänzt die Erstaunende dort, die Fremdlingin unter den
  Menschen
Über Gebirgshöh'n traurig und prächtig hinauf …

War es nicht Hölderlin?

Elisabeth Götte an Sylvia

Der Friedhof St. Giles ist kein Ort, den man Cambridge-Touristen zu zeigen pflegt. Selbst Jeremy, der im College-Viertel jeden Winkel kennt, mußte fragen und suchen, als er mich zum ersten Mal hinführte. So ist bei mir der Eindruck entstanden, St. Giles sei ein abgelegener Ort: »remote«, im Little Oxford erklärt als »far away in place or time«.

Wenn Du hingehst, Sylvia, wirst Du vielleicht enttäuscht sein über einen Friedhof, der eigentlich nichts weiter ist als eine Wiese mit alten Bäumen, aus der ein paar verwitterte Steine aufragen, verstreut, vermoost, überrankt, abgesunken im hohen Gras, fast Natur, aber nicht wüst, sondern im Geist eigenbrötlerischer Lässigkeit gerade so weit kultiviert, daß die Toten ruhen, die Lebendigen herumschlendern können, ohne einander zu stören.

In der Nähe des Eingangs befindet sich ein kleines Haus, in dem Besucher, die sich nicht auskennen, eine Auskunft erfragen können. Eine Glocke mit Schnur hängt neben der Tür.

Jeremy hat mehrmals geläutet, und als sich nichts rührte, sind wir um das Haus herumgegangen und haben durch die Scheiben eines Wintergartens ins Innere geblickt, wo gerade der Tisch für einen Lunch gedeckt wurde. Er klopfte an die Scheibe, eine Frau mit Schürze lächelte ihm zu über einem Tablett mit Tellern, die sie geruhsam verteilte, ehe sie zur Tür kam und uns freundlich bat zu warten.

Ich flüsterte Jeremy zu, daß ich es nicht richtig fände, mit dem Auto in Friedhöfe hineinzufahren und fremde Leute beim Essen zu stören. Er machte sein erstauntes Oh-really-Gesicht, und ich wußte mal wieder, daß er mich peinlich übertrieben fand, eben fremd, eben deutsch. Noch nie im Leben habe ich mich so deutsch gefühlt wie hier, im England der Pearls.

Ein Mädchen von acht oder neun Jahren trat aus dem Haus, maß uns mit ernstem Blick und ging langsam in das Gräberfeld hinein. Es trug ein altmodisches Kleid mit blassem Blumenmuster, Rüschen an Hals und Handgelenken, Volants um die nackten Beine.

Noch einmal schaute die Frau zu uns heraus. Didn't you see Alice? She was to show you the grave. Sie legte die Hände um die Lippen und tat einen hellen Ruf. Aus der Tiefe des Gartens kam die Kinderstimme zurück. Die helle Gestalt löste sich aus dem Baumschatten, winkte, entfernte sich zwischen den Steinen. Jeremy beeilte sich, sie einzuholen. Ich ging langsamer hinterher und fand die beiden neben einer liegenden Steinplatte mit der Inschrift:

Ludwig Wittgenstein
1889–1951.

Ob es öfter vorkäme, daß Fremde dieses Grab besuchen, fragte ich das Kind. Es stellte sich vor uns auf, warf mit stolzer Gebärde die Locken zurück und sagte auf deutsch: Sie kommen aus aller Welt, um das Grab des berühmten deutschen Philosophen Ludwig Wittgenstein zu besuchen.

Den Satz sprach es langsam und sorgfältig wie ein einstudiertes Gedicht, vor allem den Namen Silbe für Silbe mit spitzem st und langgezogenem ai. Ehe wir uns für die Führung bedanken konnten, war es schon verschwunden, wie aufgelöst im sonnenfleckigen Gras. Isn't she sweet? murmelte Jeremy. Five years from now she'll be a beauty!

Das Kind ist aber nicht ganz fortgegangen. Während wir etwas verlegen am Grab herumstanden, habe ich seinen Blick gespürt, und als wir zum Auto gingen, sah ich es zwischen den Bäumen huschen. Ich hatte das Gefühl, daß es etwas von mir wollte, und ich wollte es auch, ohne zu wissen, was das sein könnte.

Am liebsten hätte ich Jeremy gebeten, ohne mich nach

Hause zu fahren. Dann hätte ich noch eine Weile am Grab sein können, mit dem Kind oder allein mit meinen Gedanken über die Fluchten, die hier zur Ruhe gekommen sind. Aber dann bin ich doch eingestiegen, ohne etwas zu sagen, weil ich fürchtete, ihn zu kränken. Damals glaubte ich noch, daß so etwas wie Interesse oder gar Zuneigung im Spiel sei, wenn er mich Tag für Tag zu den Colleges begleitete, unermüdlich im Zeigen, Erklären, Erzählen. Inzwischen nehme ich an, daß meine übertriebene Vorsicht auf einem der unzähligen Mißverständnisse beruhte, die den Fremden in diesem Lande begleiten.

War auch Wittgensteins Beerdigung auf diesem Friedhof ein Mißverständnis? Seine Freunde haben sich für den katholischen Ritus entschieden, obwohl er nie die Absicht geäußert hatte, in den Schoß der Kirche zurückzukehren. Er könne nicht glauben, was Katholiken glauben müssen, hat er gesagt. Für heilige Texte, Visionen, Wunder sei in seinem Denkgefüge kein Platz und ein Leben nach dem Tode interessiere ihn nicht. Aber er hat auch gesagt, daß das Leben und Leiden einen Menschen zum Glauben erziehen könnten. Und er hat von der Hoffnung gesprochen, daß seine katholischen Freunde für ihn beten.

An diese Hoffnung erinnerten sie sich, als sie erschüttert und ratlos in Dr. Bevans Haus zusammensaßen, während er oben auf seinem Krankenbett schon im Koma lag. Als dann der Arzt den Tod festgestellt hatte, sprach ein Priester die offiziellen Sterbegebete.

Ob dies und die katholische Beerdigung auf dem St. Giles-Friedhof in seinem Sinne gewesen wären, haben die Freunde nie mit Sicherheit wissen können. Obwohl er oft und mit Erleichterung von seinem Tode sprach, hat er für das Nachher keine Anordnung getroffen, keinen Wunsch geäußert außer dem einen, der immer wiederkehrte: daß sein Körper den Geist nicht überleben möge. Wenn die Beerdigung, wie der Biograph schreibt, bereits am nächsten Morgen stattfand, ist auch nicht anzunehmen, daß Verwandte aus Wien anwesend waren, die sie hätten fragen können. Und was hätten sie ihnen sagen können, was sie, die englischen Freunde, nicht gewußt hätten, die ihn in den letzten Jahren, als er krank, ohne eigene Wohnung und Einkommen war, als Gastgeber und Gesprächspartner begleitet hatten. Er war ja nicht nur in Cambridge, sondern auch in Wien ein fremder Gast, und wenn das Kind meint, daß er auch auf diesem Friedhof ein Fremder sei, einer, der nicht mitreden kann, wenn die Toten in den Gräbern sich in ihrer Sprache unterhalten, dann ist dies wahrscheinlich genau der Platz oder Status, der seiner inneren Wahrheit entspricht.

Ja, ich habe Alice wiedergesehen, kurz vor dem Unfall, nachdem ich den Friedhof mehrere Male vergeblich gesucht hatte und nicht mehr ganz sicher war, ob ich ihn tatsächlich gesehen oder nur geträumt hatte. Ich hatte schon fast aufgegeben, ihn jemals wiederzufinden, da entdeckte ich ihn ganz zufällig am Ende eines Seitenweges, die Bäume leuchtend im Herbstlaub, ein rosiger Schimmer über den Steinen von den Sonnenstrahlen, die schräg durch die Zweige fingerten.

Beim Eintritt sah ich Alice. Sie spielte einen roten Ball gegen die Wand des kleinen Hauses am Eingang. Im Vorübergehen hörte ich sie zählen und erinnerte mich, daß ich auch, als ich klein war, gegen die Wand meines Elternhauses Ball gespielt und dabei gezählt hatte, weil jede Variation des Spiels in einer bestimmten Anzahl ausgeführt werden mußte: zehnmal mit der flachen Hand, neunmal mit der Faust, achtmal mit dem Handgelenk, siebenmal mit der Armbeuge und so weiter, bis zu dreimal mit dem Kopf, was meistens schiefging. Dann fing ich von vorne an, und auch sie fing von vorne an, wenn ihr der Ball entwischte.

Während ich langsam in den Friedhof hineinging, hörte ich den Anprall des Balles und das Zählen wie aus meiner eigenen Kindheit herauf und dachte, daß Alice vielleicht, trotz der Familie, so allein ist, wie ich damals war.

Auf der Grabplatte lagen diesmal viele kleine Steine zu Mustern geordnet, weiße und farbige Kiesel, wie sie auf diesem grasigen Grund nicht zu finden sind, und ein paar Muscheln dazwischen. Als ich mich bückte, um sie näher anzuschauen, war Alice plötzlich neben mir und sagte, daß sie die Steine und Muscheln bei einem Ausflug ans Meer gesammelt hätte. Ob sie dem armen Herrn Wittgenstein wohl gefallen würden? Elfriede habe gesagt, daß schöne Steine und Muscheln den Toten lieber wären als abgeschnittene Blumen, die bald welk werden und faulen. In Deutschland schnitte man die Blumen nicht ab, sondern pflanze sie mit Wurzeln in die Gräber, damit sie jedes Jahr wiederkämen. Do you like the name Elfriede? fragte sie. It's a beautiful name, isn't it? It's German!

Darüber hätte ich noch nicht nachgedacht, sagte ich, ganz überwältigt von dem plötzlichen Redestrom. Tatsächlich habe ich den Namen Elfriede nie gemocht, aber so, wie Alice ihn aussprach, war das Grobe, Hausbackene, das mich gestört hatte, nicht mehr darin, nur der Klang blieb übrig, leer und frei für neue Assoziationen, die sich von nun an und für immer an dieses Kind, diesen Nachmittag, dieses Grab knüpfen werden.

Ich hätte gern gefragt, wer diese Elfriede sei, die die Toten in den Gräbern miteinander reden hört, aber etwas Abwesendes im Sprechen und Schauen des Kindes warnte mich, daß ich besser nicht fragen, sondern warten und zuhören sollte. Und das solltest Du auch tun, wenn Du sie triffst, Sylvia, sonst wirst Du nichts verstehen. Sie lebt mit Elfriede, ihrer verstorbenen deutschen Großmutter, in einer prekären Zwischenwelt, die man leicht verletzen kann, weil die Grenzen zur Wirklichkeit fließend sind. Am besten, man verhält sich ruhig und läßt sie kommen und gehen, reden und schweigen, wie es ihr paßt.

Ich habe mich auf die von der Sonne erwärmte Grabplatte gesetzt, ein Buch aus der Tasche genommen, gelesen, während Alice mit dem Ball immer um mich herum war, mal näher, mal weiter weg, die Haare flirrend um ihren Kopf – dünne, rötliche, krause Haare wie meine, die auf alles mögliche reagieren: Befindlichkeit, Stimmung, Wetter, Mond ... An ihren

Haaren sah ich, wie aufgeregt sie war. Ob ich aus Deutschland käme, fragte sie. Als ich nickte, sagte sie, daß Elfriede auch aus Deutschland gekommen sei, und wenn sie allein waren, hätte sie immer Deutsch mit ihr gesprochen, und sie, Alice, hätte alles verstanden, sogar gesprochen. Aber jetzt wisse sie nur noch den einen Satz.

Wie beim ersten Mal stellte sie sich in Positur und sagte mit der gleichen feierlichen Betonung: Sie kommen aus der ganzen Welt, um das Grab des berühmten deutschen Philosophen Ludwig Wittgenstein zu besuchen. Was das hieße, wollte sie wissen.

Ich sagte ihr den Satz auf Englisch, und als ich merkte, daß sie enttäuscht war, erzählte ich ihr, daß auch ich, als ich klein war, eine fremde Sprache gelernt hätte, nur weil ich eine Person, die ich liebte, verstehen und mit ihr sprechen wollte. Später hätte ich die Sprache wieder vergessen und neu lernen müssen, aber so gut wie damals hätte ich sie nie mehr verstanden. Da lächelte sie zum ersten Mal, und ich wußte, daß wir eine Ebene gefunden hatten, auf der wir uns verständigen konnten.

Das Grab des armen Herrn Wittgenstein sei Elfriedes Lieblingsgrab gewesen, erzählte sie. Elfriede habe alle Gräber gepflegt, aber dieses besonders, weil es ein deutsches Grab ist. Wenn Besucher aus Deutschland kamen, habe sie sie zu diesem Grab geführt und von seinem Leben erzählt. Das hätte sie, Alice, auch einmal tun sollen, aber leider habe sie alles vergessen. Ob ich vielleicht den Herrn Wittgenstein gekannt hätte oder sogar mit ihm verwandt sei?

Das nicht, aber ich hätte viel über ihn gelesen und nachgedacht, sagte ich. Er sei aber nicht aus Deutschland, sondern aus Österreich gekommen, aus einer großen Stadt namens Wien.

Davon hatte Elfriede wohl nichts gesagt. Das Kind schüttelte den Kopf und fing an, am Rand der Grabplatte entlangzubalancieren, mit kleinen Hüpfern dazwischen, um nicht auf den Namen zu treten. Elfriede hätte immer Heimweh nach Deutschland gehabt, aber als der Großvater ihr das Geld für die Reise schenken wollte, hätte sie doch nicht fahren wollen, nicht allein. Vielleicht später, mit Alice, wenn sie groß ist.

Sie hüpfte von dem Stein herunter und stellte sich auf Zehenspitzen vor mich hin: Am I big enough now?

In diesem Augenblick war mir ganz klar, daß sie nicht mich sah, die so nah vor ihr saß, sondern diese fabelhafte Elfriede, die offenbar ihre eigenen Wünsche und Ängste mitsamt den Nachtgesprächen der Toten und dem bedauernswerten Herrn Wittgenstein, der nicht mitreden konnte, in dieses Kind hineinprojiziert hatte. Ich suchte nach Worten, um die Dinge zurechtzurücken, und sagte in einem Ton, der mir selbst kühl und lehrerinnenhaft im Ohr klang: Don't ask me, ask your Elfriede!

Sie zog die Augenbrauen hoch, was ihrem Gesicht einen altklugen, blasierten Ausdruck gab, und sagte: I'm not a baby. I know she's dead.

Den Ball vor sich herspielend lief sie den Weg hinunter. Ich fürchtete, sie würde nicht wiederkommen und dachte daran zu gehen, aber nach einer Weile spürte ich sie hinter mir. Sie spielte mit den Steinen, warf sie, einen nach dem anderen, in die Wiese hinein. Ich hätte sie gern gefragt, warum sie die Muster zerstörte, aber alles, was mir einfiel, kam mir grob und aufdringlich vor. Schließlich fragte ich, ob ich ihr von Ludwig Wittgenstein erzählen sollte. Sie antwortete nicht, hörte aber mit dem Werfen auf und hockte sich neben mich.

Ich habe von seiner Kindheit in Wien erzählt, wo er der Kleinste und Langsamste unter lauter gescheiten, überbegabten Geschwistern war; von der öden Schulzeit in Linz; von seinem Wunsch, einen Weg zu finden, auf dem auch er Außergewöhnliches leisten könnte. Auf allerhand Umwegen habe er schließlich entdeckt, daß seine besondere Begabung das Denken über die Sprache sei, mit der die Menschen sich über die Welt, in der sie leben, verständigen. Diese Art Denken sei die Arbeit der Philosophen, aber er wollte nicht Philosoph heißen, sondern Wahrheitssucher, einer, der mit Lügen, Täuschungen, Irrtümern aufräumt, damit eine Ordnung entsteht, in der man sich zurechtfinden kann.

Während ich redete, hat Alice den Ball springen lassen, und wenn er ihr entkam, ist sie hinterhergelaufen, aber nie so weit weg, daß ich sie nicht mehr sehen konnte. Als ich dann anfing, von seiner Arbeit als Dorfschullehrer in Österreich zu erzählen, ist sie wieder näher gekommen, hat sogar ein paar Minuten vor meinen Füßen gehockt und durch Nicken und Kopfschütteln gezeigt, daß das Thema sie interessierte.

Ich habe gesagt, daß er seine besonderen Ideen gehabt hätte, was und wie Kinder lernen sollen, nämlich durch Anschauen, Vergleichen, Ausprobieren, Selbermachen. Statt den ganzen Vormittag in der Klasse zu sitzen und aus Büchern zu lehren, sei er mit seinen Schulkindern hinausgegangen, auch nachts, zum Anschauen und Erklären des Sternenhimmels. Aus einer toten Katze habe er das Skelett herausseziert, um sie sehen zu lassen, wie lebendige Körper sich tragen und bewegen. Gemeinsam hätten sie eine Dampfmaschine zusammengebaut, die wirklich funktionierte. Er habe sie Pflanzen, Menschen, Gebäude beschreiben und zeichnen lassen, damit sie lernten, genau hinzuschauen und die richtigen Worte zu finden. Nachts habe er allein in der Schulküche gesessen, seinen Unterricht vorbereitet, Texte zum Vorlesen ausgesucht: Märchen, Legenden, Fabeln, Bibelgeschichten. Für seine Schulkinder habe er Klarinette spielen gelernt und ein Sprachbuch geschrieben, das ihnen helfen sollte, ihre Sprache klar und wahrhaftig zu gebrauchen. Jeden Schultag habe er mit Mathematik begonnen, nicht einfach Rechnen, sondern höhere Formen, von denen ihre Eltern nicht einmal die Namen kannten. Das Spielen mit Zahlen und Gleichungen sollte eine Klarheit in ihre Köpfe bringen, in der sie denken, unterscheiden, beurteilen, vergleichen, wählen lernen sollten.

Er wäre ein wunderbarer Lehrer gewesen, wenn seine Geduld nicht so kurz, seine Seele nicht so empfindlich, seine Erwartungen nicht so hoch gewesen wären. In seiner Leidenschaft zu lehren habe er vergessen, daß Lehrer nie von vorn anfangen, weil immer schon etwas da ist in den Köpfen der Kinder – eine vorgeprägte Welt, die dem Neu- und Anderssehen, das er sie lehren wollte, im Wege steht, und daß man das innere Leben der Schüler, das ihn allein interessierte, von ihrem äußeren Leben in Enge, Armut, Beschränktheit nicht trennen kann.

Wahrscheinlich habe er auch vergessen, daß er in dieser Schule wie überall ein Fremder war, aber die Eltern der Schüler hätten es nicht vergessen. Was will der feine Herr aus der Stadt, der hier den armen Schullehrer spielt? fragten sie. Was hat er mit unseren Kindern vor, die in der Schule vor allem Arbeit und Gehorsam lernen sollen. Dieser verrückte Lehrer traktiert sie mit Arithmetik, Algebra, Musik, Kunst, Literatur. Er gibt Extrastunden für Begabte, schickt einen Bauernjungen nach Wien, bringt ihn im Haus seiner vornehmen Familie unter, damit er auf eine höhere Schule geht und seine Eltern vergißt oder verachtet.

Am Mißtrauen der Eltern, an der Trägheit der Kinder reibt er sich wund, fängt an zu wüten, zu prügeln, Haare und Ohren zu ziehen, spricht nur noch zu einzelnen, läßt die anderen, die Trägen, Beschränkten, Widerspenstigen, im Stich.

Das darf ein Lehrer nicht tun, nicht wahr? Ich weiß es, weil ich auch Lehrerin bin und die Wut, die Ungeduld, die überspannten Erwartungen selbst gespürt habe. Als es zu schlimm wurde, bin ich fortgelaufen wie er. Aber er ist zurückgekommen und im Winter von Tür zu Tür gegangen, um bei Eltern und Schülern um Verzeihung zu bitten, was den Eltern vermutlich lächerlich vorkam und für die Schüler zu spät war, für ihn aber notwendig, weil er seine Gedanken nur denken konnte, wenn sein Leben klar und wahrhaftig war.

Als ich aufhörte zu sprechen, spürte ich die Stille um mich herum. Keine Bewegung zwischen den Gräbern, kein Wind in den Bäumen. Von Alice war nichts zu sehen. Nur der rote Ball leuchtete aus dem hohen Gras. Wenn der Ball nicht gewesen wäre, hätte ich das Kind für ein Traumbild gehalten.

Ich fing an, meine Sachen zusammenzupacken, und als ich mich umwandte, sah ich sie am anderen Ende der Grabplatte hocken und die übriggebliebenen Steine und Muscheln herumschieben, so daß sie einen Kranz um den Namen Ludwig Wittgenstein bildeten. Hatte sie wirklich zugehört? Vielleicht sogar verstanden?

Ob er denn nie richtig glücklich gewesen sei, fragte sie, ohne aufzuschauen. Has he ever been really happy?

Wenn man sein Leben von außen anschaut, sähe es nicht besonders glücklich aus, habe ich gesagt, aber als er selbst ganz am Ende darauf zurückschaute, hat er gefunden, daß es ein wundervolles Leben gewesen sei. So hat er es seiner Pflegerin gesagt, damit sie es den Freunden ausrichtet, die, wie er wußte, zu spät kommen würden: Tell them I had a wonderful life.

Er hat sein Leben eben anders gesehen als du und ich und die meisten, die ihn gekannt haben, und das war es ja, was er seine Schüler, Studenten und Freunde lehren wollte: daß alle Täuschungen und Finsternisse verschwinden, wenn die Menschen lernen, anders zu sehen.

Die Sonne war schon hinter den Bäumen verschwunden, als ich mich endlich auf den Heimweg machte. Ich habe Alice versprochen, bald wiederzukommen und ein Bild mitzubringen, das Wittgenstein gezeichnet hat. Es zeigt eine Tiergestalt, die der Betrachter, ohne einen Strich zu ändern, als Hasen oder als Ente sehen kann, aber nie beides zugleich. Ich wollte es Alice zum Anschauen geben, damit sie selbst sehen könnte, was das ist: anders Sehen.

Aber dazu ist es nicht mehr gekommen. Der Unfall kam dazwischen, dann die Wochen im Krankenhaus, und morgen werde ich nicht mehr hier sein, das heißt heute, weil Mitternacht schon vorbei ist, die Tasche gepackt, die Hinterlassenschaft geordnet, bis auf diese Blätter, die ich gleich in die grüne Mappe legen werde, damit soweit alles in Ordnung ist, wenn wir abfahren.

Wirst Du auf den Friedhof gehen, Sylvia? Obwohl Du

einen gerechten Zorn auf mich hast? (Ich werde Dir alles erklären, irgendwann, wenn ich es selbst verstanden habe.) Tu mir den Gefallen! Nimm ein Taxi, laß Dich nach St. Giles fahren, frag nach Alice, laß dich von ihr an Wittgensteins Grab führen, sag ihr, daß die Lehrerin aus Deutschland wiederkommen wird.

Es ist ein guter Platz, der einzige in diesem Land, der wirklich mein Platz war, weil ich dort zum ersten Mal nach langer Zeit die Freude des Lehrens gespürt habe. Am schönsten ist es spätnachmittags, wenn die Sonne in den Dunst gerutscht ist, aber der Himmel immer noch leuchtet, rot-gold-violett bis ins Wiesengrün und Steingrau hinein.

Mein Sabbatjahr geht nun in den Winter, der dort, wo ich hinfahre, nicht grade gnädig sein wird. Aber lernen kann man auch unter widrigen Umständen, und lernen muß ich noch allerlei, bis ich als graceful alien zurückkomme. Es ist eben hart und schmerzhaft, im eigenen Land fremd zu sein, härter jedenfalls als hier in England, wo es die Regel ist und einem nichts anderes übrigbleibt.

Vorlieb nehmen ist eine Denkbewegung, die man lernen kann, sagt Ludwig Wittgenstein. Aber soweit bin ich noch nicht ...

Ruth Rehmann
im Carl Hanser Verlag

Der Mann auf der Kanzel
Roman
1979. 216 Seiten

Das Bestechende an diesem Buch, in dem kein einziger Satz überflüssig, störend, quergestellt ist: Hier wird keiner besserwisserisch vors Gericht der Nachwelt gezerrt, obwohl Ferdinands antidemokratisches Denken und seine trainierte Kunst des sturen Wegsehens und Nichtwissen-Wollens genügend Anklagepunkte für ein entblößendes Verfahren ergeben hätte; hier wird auch kein falsches Mitleid mit einem Mann erweckt, der es nicht besser wissen konnte, und schon gar nicht versucht die Tochter ihren Vater zu entschuldigen oder zu decken. Im Gegenteil, gerade als liebende und geliebte Tochter, die schon als Kind ein inniges Verhältnis zu ihrem persönlichkeitsstarken Vater hatte, kommt das einstige Nesthäkchen dichter an ihn heran und weiß mehr über ihn Bescheid als kaum jemand sonst. Mit dieser Intimität des Kindes, gepaart mit der distanzierenden Bewunderung der Tochter und der behutsamen Distanz der Erwachsenen, die die frühere Innigkeit nicht vergessen hat, ist eine Erzählposition umschrieben, die die Autorin vor dem befürchteten Verzerrungen bei der Rekonstruktion ihres Vaterbildes schützt. Die Spannung zwischen Intimität und Distanz hat sich Ruth Rehmann so gekonnt erschrieben und sie durchgehalten, daß sich darin die widersprüchliche Vielfalt der lebendigen Person ihres Vaters ganz unangestrengt entfalten kann.

Gustav Zürcher, Frankfurter Rundschau

Was im Verlaufe des Erzählens herausmodelliert wird, ist ein Vaterporträt mit einem außerordentlichen Reichtum an Einzelzügen und sind Szenen des Pfarrhauslebens von großer Dichte. In einer Welt voller Einschränkungen groß werdend fühlt sich das Mädchen doch in einer Wärme geborgen, die die übrige Welt kalt erscheinen läßt.

Walter Hinck, Frankfurter Allgemeine Zeitung

Abschied von der Meisterklasse

Roman

1985. 216 Seiten

Ruth Rehmanns epische Abrechnung mit dem Musikbetrieb verrät gründliche Sachkenntnis und bittere persönliche Erfahrung. Der »Abschied von der Meisterklasse« ist in seinen gelungensten Passagen die Geschichte einer Befreiung, in der mehr überwunden wird, als die Zwänge des Virtuosentums. Erzählt wird der Ausbruch aus einer Wirklichkeit, die sich auch vierzig Jahre danach nicht abschneiden läßt von ihrer unmenschlichen Vergangenheit, weil sie noch immer nach denselben Spielregeln funktioniert.

Albert von Schirnding, Süddeutsche Zeitung

Ruth Rehmanns Thema, auf das bereits ihr vorausgehender Roman »Der Mann auf der Kanzel« zugesteuert ist, ist die Frage nach Mitwisserschaft und uneingestandener Schuld bei denen, die später behaupten, nichts gewußt zu haben. Denn in diesem Punkt gleichen sich die Protagonisten beider Romane; sie fühlen sich unbeteiligt am Geschehen um sie herum, der braunen Flut enthoben – der Pastor in seiner »Glaubensarche«, die Geigerin als »Trägerin eines höheren Auftrags«. Doch teilen beide die Schuld ihrer Generation, sich geduckt und weggesehen zu haben.

Gunhild Kübler, Neue Zürcher Zeitung

Die Schwaigerin

Roman

1987. 224 Seiten

Politisch-moralisch scheinbar überhaupt nicht kandiert, malt und strichelt die Autorin das überdimensionale Tafelbild einer Chiemgau-Bäuerin in ihre Landschaft. Mit einem fanatischen, in schlichte Sätze gebändigten Realismus erfaßt sie das »vom Sach geprägte« Leben auf dem Schwaig-Hof, aus dem zuletzt ein Gasthof wird. Das von Kroetz so rigoros dramatisierte Bauernsterben, hier ist's in hervorragender Deskription wie ein Naturprozeß: Seele und Scholle verkrusten langsam mit Erwerbssinn und Stickstoffdünger.

Armin Eichholz, Die Welt

Trotz der Annäherung an alltägliche Redeweisen ist der Roman keine Alpensaga mit eigensinnig-knorrigen Bauern, die ihre Bodenständigkeit durch ausgiebigen Gebrauch bayrischer Mundart unter Beweis stellen müssen. Die Beschreibung Annis, die zusammenfällt mit der ihrer Welt, verfährt behutsam, ja liebevoll, ohne dabei Enge und Eintönigkeit des bäuerlichen Lebens zu verdecken.

Peter Körte, Die Zeit

Unterwegs in fremden Träumen

Begegnungen mit dem anderen Deutschland

1993. 272 Seiten

Nicht zum erstenmal steht Ruth Rehmann im Bann der deutschen Geschichte. In einen autobiographischen Rahmen stellt die Autorin ihre geschichtlichen Recherchen auch im neuen Buch »Unterwegs in fremden Träumen. Begegnungen mit dem anderen Deutschland«.
Die Gegenwartsebene aber, von der aus erzählt wird, ist markiert durch die Silvesterabende 1989/90 und 1990/91 in Berlin, in weiterem Sinne durch »Wende« und Fall der Berliner Mauer und das Ende der Wiedervereinigungseuphorie. Die Studien der Tonbänder und der Akten zum Schriftsteller-Kongreß von 1947 machen deutsche Literaturgeschichte der Nachkriegszeit wieder gegenwärtig, auch das Verbot von Hans Werner Richters und Alfred Anderschs Zeitschrift »Der Ruf« und die Gründung der »Gruppe 47« oder die Kulturpolitik der DDR, deren Signale schon im »blechernen Falschmünzenklang« von Johannes R. Bechers Kongreßrede von 1947 zu hören waren.
Seine Kristallisationspunkte hat das Buch dort, wo Personen plastisch und künstlerische Konstellationen sinnfällig werden: in den Porträts der Schriftstellerin Elisabeth Langgässer oder des zu früh vergessenen Walter Kolbenhoff, in der erzählerischen Dokumentation der Gespräche mit Melvin J. Lasky und Wolfgang Harich, Stephan Hermlin oder der Schauspielerin Steffi Spira.

Walter Hinck, Frankfurter Allgemeine Zeitung